Une reine presque parfaite

CAITLIN CREWS

Une reine presque parfaite

Traduction française de
JULIA LOPEZ-ORTEGA

AZUR
HARLEQUIN

Collection : Azur

Titre original :
FORBIDDEN ROYAL VOWS

HARPERCOLLINS FRANCE
83-85, boulevard Vincent-Auriol, 75646 PARIS CEDEX 13
Service Clients — https://www.harlequin.fr/contenu/contactez-nous
ISBN 978-2-2805-1686-0 — ISSN 0993-4448

Édité par HarperCollins France.
Composition et mise en pages Nord Compo.
Imprimé en mai 2025 par CPI Black Print (Barcelone)
en utilisant 100% d'électricité renouvelable.
Dépôt légal : juin 2025.

FSC
www.fsc.org
MIXTE
Papier issu de sources responsables
FSC® C159065

Pour limiter l'empreinte environnementale de ses livres, HarperCollins France s'engage à n'utiliser que du papier fabriqué à partir de bois provenant de forêts gérées durablement et de manière responsable.

1

La reine Emilia de Las Sosegadas était la perfection incarnée. C'était là sa mission dans la vie, son devoir et ce pour quoi elle avait été programmée depuis sa plus tendre enfance.

Las Sosegadas était une minuscule monarchie montagneuse située entre la France et l'Espagne. La famille royale y était la même depuis des siècles, assurant à son petit royaume paix et stabilité. Ses habitants en semblaient conscients, car ils apparaissaient à chaque sondage en tête des peuples les plus heureux d'Europe.

À la différence d'autres monarchies, son régime bénéficiait toujours d'un fort soutien populaire.

Il va sans dire que c'était en grande partie grâce à la perfection que sa souveraine incarnait.

C'était au-delà d'un travail, c'était devenu un sacerdoce, son devoir.

Elle réfléchissait longuement avant chaque apparition royale, non pas pour des questions d'ego, car ce n'était vraiment pas ce qui l'animait, mais parce qu'elle considérait que sa couronne engageait une responsabilité totale envers son peuple.

Il n'y avait qu'en privé qu'elle pouvait s'autoriser à être une personne à part entière.

Une femme, même, parfois.

En privé, elle redevenait Mila, le surnom par lequel seule sa sœur s'adressait à elle, désormais. Même sa propre mère, Alondra, l'appelait « Majesté », maintenant, comme pour lui rappeler qu'elle était aux commandes, depuis qu'elle avait pris la place de feu son mari, le roi, sur le trône.

Mila aimait redevenir Mila, pourtant, même si c'était toujours un état temporaire et très solitaire. En public, Mila était la reine.

Cette vie au service de son peuple lui convenait, cependant. Elle l'avait toujours dit et elle était sincère, même si cela lui avait parfois coûté.

Ô combien...

En ce jour, le service de son peuple avait exigé d'elle qu'elle passe presque tout l'après-midi à se préparer avec l'aide de tout son personnel de chambre. Les essayages de robes sollicitaient une équipe tout entière et faisaient pleinement partie de sa mission.

Il fallait que l'on puisse s'identifier à Mila, sans qu'elle soit trop commune pour autant, bien entendu. Les sujets devaient aimer et admirer leur reine, mais elle devait rester intouchable.

L'événement qui l'occupait ce jour était un gala annuel, qui devait permettre de lever des fonds pour diverses grandes causes avec un banquet et un bal au palais. La ribambelle habituelle d'aristocrates en vue et dans les petits papiers du palais était présente, Mila l'avait immédiatement noté en arrivant sur place.

Elle connaissait par cœur les protocoles en vigueur et

salua les invités de marque qui lui étaient présentés, servant à chacun quelques mots bien choisis qui permettaient de s'assurer qu'elle savait à qui elle parlait tout en flattant les orgueils. Elle souriait avec parcimonie, du bout des lèvres, comme elle avait appris à le faire. Elle avait toujours été très douée à ce petit jeu.

Elle avait eu la chance de pouvoir se préparer à l'exercice, il fallait dire. Une chance terrible, en réalité, car cela avait impliqué de grandir en sachant que le jour où son père, le roi, mourrait, il lui léguerait le trône. Et, peu de temps avant que cela n'arrive, les médecins avaient été capables de prédire cette fatalité...

Cela avait été un terrible fardeau à porter depuis l'enfance pour Mila.

Mais c'était ainsi, et elle n'avait pas de regrets, disait-elle toujours.

Que pouvait-elle regretter ? Elle était la reine. N'importe qui aurait rêvé d'être à sa place, de vivre dans les ors du palais et de représenter ainsi la féminité, le pouvoir et la réussite avec autant de grâce.

— Sa Majesté est sublime, dit sa mère lorsqu'elle la rejoignit.

Mila inclina la tête tandis que les trompettes sonnaient pour annoncer le bal.

N'était-il pas un peu ostentatoire de donner un bal ? Elle s'était posé la question, mais elle savait que le peuple avait besoin de ce genre d'occasion festive et glamour qui réenchantait son quotidien.

« À quoi bon venir au palais si l'on ne peut pas vivre un moment majestueux ? » aurait dit sa sœur Carliz.

La reine remonta l'allée avec naturel, saluant d'un

hochement de la tête ses sujets qui s'inclinaient à son passage. Elle semblait parfaitement à son aise et pourtant, au fond d'elle, la douleur était bien là.

Toujours aussi vive.

Elle ne s'était pas préparée au manque...

Lorsque Carliz était partie étudier à l'étranger, Mila était encore jeune et découvrait ses responsabilités en tant que princesse héritière. Sa sœur avait été la première femme de la famille à quitter le royaume pour faire des études. Mila ne s'y était pas attendue, mais le départ de sa confidente avait été terrible.

Mais là, c'était différent.

L'été suivant, elle avait retrouvé le plaisir de passer du temps avec sa sœur, des nuits entières partagées à se confier l'une à l'autre. Sa Majesté pouvait alors rester à la porte, et c'était Mila, simplement Mila qui retrouvait une confidente.

Pour autant, elle était heureuse que Carliz ait eu l'opportunité de quitter le royaume un temps et tout ce qu'implique la vie d'un membre de la famille royale. Aujourd'hui, elle était une femme, une épouse, une mère, plus heureuse et épanouie que jamais.

Elle réalisait cependant qu'être heureuse pour Carliz et sa liberté gagnée signifiait en quelque sorte regretter son propre sort.

Elle continuait d'avancer dans la salle royale en inclinant soigneusement la tête sans un mot. C'était ainsi qu'elle parvenait le plus souvent à faire oublier son jeune âge et à transmettre une impression de solennité. Car elle n'avait que vingt-sept ans, après tout.

Mais, en devenant reine, elle était aussi devenue un

symbole sans âge, qui ne changerait pas avant bien longtemps, tout au plus se parerait-elle de quelques cheveux blancs, avec le temps.

Le bal avait commencé, et sa mère commentait, acerbe, les tenues ou les attitudes. Une remarque désobligeante sur Lady Paula parvint finalement à provoquer une réaction chez Mila. Elle ne dit rien, mais tourna le regard vers sa mère. Pas besoin de hausser un sourcil pour manifester sa désapprobation.

— Mère, il me semble que tu sais bien que j'apprécie beaucoup Lady Paula, déclara-t-elle sobrement, sans cesser de sourire.

— Je sens bien que tu me juges, répondit sa mère avec le ton meurtri qu'elle avait le don d'employer dans ces moments-là. Je ne comprends pas l'attitude de Lady Paula, quoi que tu en penses. Il est de rigueur pour une femme de son rang d'honorer sa famille par son mariage et pas en suivant ses instincts les plus primaires.

Mila faillit préciser à sa mère qu'elle la soutenait dans ses décisions, mais préféra s'abstenir.

Il était connu de tous que le père de Paula avait souhaité la marier à un homme de son choix et que cette dernière s'y était opposée de toutes ses forces et de tous les moyens possibles, allant jusqu'à s'exposer dans la presse avec plusieurs hommes peu fréquentables.

— Quoi que tu en penses, il est sans doute temps de permettre aux femmes de tous rangs de choisir leur destinée, ajouta Mila en soupirant.

Sa mère lui adressa un regard noir. Bien trop noir pour le contexte, songea Mila.

— J'espère que Sa Majesté n'a pas dans l'idée de suivre l'exemple de Lady Paula !

C'était un coup bas et les deux femmes le savaient bien. Mila sourit. Elle aurait aimé rire au nez de sa mère, mais cela aurait été totalement inapproprié, bien entendu.

— Je connais mon devoir, mère, répondit-elle d'un ton posé. J'oserais même dire que je le connais mieux que quiconque.

— Mais je le sais bien, ma chère fille, rétorqua la reine mère.

Elles savaient l'une et l'autre que si cela n'avait tenu qu'à sa mère, elle aurait organisé elle-même le mariage de sa fille, ici et maintenant, avec le prétendant de son choix et sans demander l'avis de Mila.

Mila se retourna vers la salle et regarda les couples de danseurs, cherchant des yeux la touche de couleur qui aurait signalé la chevelure flamboyante de Lady Paula.

Lorsqu'elles étaient enfants, Paula avait gagné son amitié en riant aux éclats lors d'une fête, ce qui était parfaitement proscrit pour une jeune fille de haute lignée. Elle avait fini par conclure que comme ses cheveux étaient toujours rebelles, elle devait avoir un caractère assorti pour ne pas détonner.

Mila entendit le rire de Paula avant de la voir. Son amie avait le don de toujours s'habiller de façon presque exubérante, mais pas tout à fait. Et elle mettait un point d'honneur à se présenter avec un partenaire totalement inapproprié, pour le coup, qu'elle ne manquait jamais de présenter à son amie, la reine.

Selon sa mère, Mila aggravait les choses en ne lui disant

rien et en acceptant de saluer les hurluberlus qu'elle s'évertuait à faire inviter à la Cour.

Mais Mila n'avait pas envie de prendre le risque de perdre son amie, elle en avait trop peu.

— Pas un mot, mère, lança-t-elle lorsque Paula s'approcha d'elles.

C'est alors que Paula et son cavalier s'arrêtèrent et que la foule s'écarta.

Mila s'attendait à une fantaisie de son amie, mais n'était pas prête pour la surprise qu'elle lui avait réservée.

Elle resta comme figée, son cœur en suspens.

Elle se demanda l'espace d'un instant si elle allait mourir sur pied.

C'était sans doute un espoir secret.

Car ce n'était pas n'importe quel cavalier que Paula lui amenait. Elle avait l'habitude de rencontrer des petits nobles excentriques, venus de pays voisins que Mila ne connaissait qu'à peine.

Non, ce soir, Paula avait fait fort.

Et il la regardait tout droit dans les yeux.

Avec ce petit sourire en coin qui était sa marque de fabrique et qui soulignait sa bouche sensuelle.

Car il était la seule personne au monde à connaître la vérité, une vérité que Mila aurait voulu pouvoir enterrer. Une vérité qui était la preuve intangible que la reine Emilia de Las Sosegadas n'était pas si parfaite que cela.

Il était le seul à savoir.

Le seul à connaître sa terrible erreur de parcours.

Le seul à savoir ce dont elle était capable.

Lui-même était sans doute un des derniers play-boys dans le plus pur style du siècle dernier. Les tabloïds s'amusaient à faire la liste de toutes ses maîtresses, des femmes plus jeunes, plus célèbres, plus riches, plus belles les unes que les autres. Lui-même avait hérité d'une immense fortune, grâce à l'une des branches de son très excentrique arbre généalogique.

Il semblait d'ailleurs que l'arbre en question avait ses racines dans plusieurs grandes familles aristocratiques historiques.

Mais le plus terrible à son sujet était qu'il était proprement irrésistible.

Pour le décrire, il fallait évoquer ses cheveux bruns, ses yeux noirs et ses traits racés, mais cela ne permettait pas de capturer totalement la façon qu'il avait de se mouvoir dans une pièce, comme si le monde n'était rien d'autre qu'une gourmandise dont il allait se repaître.

Il était toujours d'une élégance sans faille, quelle que soit l'occasion, mais sans jamais oublier une petite touche de provocation. Une pointe d'arrogance, toujours maîtrisée. Un trait de nonchalance dans le regard et l'incapacité de faire preuve de déférence et d'humilité face à quiconque.

Et puis il pouvait se montrer terriblement incisif. Il était d'une intelligence remarquable dans un monde d'apparences, d'esbroufe et de vide.

Sans oublier la façon qu'il avait de vous dévisager. Il était capable de vous faire oublier jusqu'à votre nom d'un seul regard, sans même en avoir l'air.

Mila avait du mal à ne pas trahir son trouble à cet instant, alors même qu'elle était rompue à l'exercice…

Mais là, c'était du sérieux.

C'était une catastrophe.

Cet homme était une catastrophe.

Il s'agissait de Caius Candriano.

Sa seule erreur de parcours.

Mais, même si personne ne le savait à part elle et lui, il était aussi et devant la loi, son mari.

2

Caius Candriano avait attendu cet instant longtemps, très longtemps.

Cinq ans pour être précis.

Cinq années au cours desquelles il s'était imaginé ce moment. Sans doute s'était-il attendu à la trouver différente. Il avait dû croire que son nouveau statut la changerait radicalement, ce qui sans doute aurait été une forme d'explication à ses yeux.

Et même s'il n'était pas disposé à accepter cette explication, au moins aurait-elle eu le mérite d'exister.

Car après tout elle était reine, maintenant. Plus seulement la princesse qu'il avait rencontrée alors. Plus cette jeune femme qui portait déjà le poids de ses responsabilités futures. À l'époque, son père était déjà condamné et avait pris ses dispositions.

Non, contre toute attente, Mila semblait totalement inchangée.

Peut-être pas totalement, songea-t-il cependant. Il la découvrait en grande tenue d'apparat et ne pouvait s'empêcher de repenser à leurs balades décontractées sur cette plage déserte de Californie.

Bien sûr, les plus grands designers s'occupaient aujourd'hui de dessiner les robes qu'elle porterait pour chaque occasion.

Lui savait bien qu'elle n'aimait rien tant que la simplicité des tenues confortables, même si on n'aurait jamais pu l'imaginer en la voyant ainsi vêtue.

Elle était rayonnante et semblait avoir toujours fait cela, comme une évidence. La Mila qu'il avait connue, loin d'ici et il y a bien longtemps, lui manquait, mais il ne pouvait nier que cette version de Mila, dans sa robe haute couture, était assez éblouissante.

Depuis qu'elle avait fait son entrée, personne ne la quittait plus des yeux. On l'admirait, on l'adorait, on l'enviait...

La robe aidait, songea Caius, même s'il avait l'impression qu'elle aurait pu traverser la salle en jean et baskets et produire sur lui le même effet. Mais il était plus simple de se concentrer sur la robe, car il n'était pas sûr de sa propre réaction s'il l'avait fixée directement.

Il était pourtant connu pour être un véritable caméléon, lui qui avait grandi dans une famille de mythomanes et de manipulateurs...

Cependant, il était vraiment saisi par la beauté de son vêtement. La jupe longue et ample était assortie à un bustier qui aurait pu sembler osé pour une reine, mais que sa couleur profonde et veloutée sauvait. Ce violet sombre lui allait à merveille. C'était presque un jeu entre le sérieux de sa couleur et la fantaisie de son style qui rendait Mila incroyablement et regrettablement sublime.

Il aurait préféré qu'elle ne lui fasse plus cet effet.

Il s'était pourtant préparé car il savait qu'elle était le genre de femme dont on ne se remettait pas. Elle l'avait ensorcelé, comme la flamme attire le papillon vers sa perte. Il ne s'en était jamais remis. Hélas, elle n'avait jamais regardé en arrière.

Alors ce soir, Caius était venu jusqu'à son palais en haut des montagnes.

Elle portait une tiare dans ses épais cheveux bruns qui brillaient comme de la soie pure et semblaient relevés en une coiffe sophistiquée qui mettait au défi quiconque de tenter de les effleurer.

Il n'en aurait pas eu le courage dans tous les cas, même s'il n'était pas le genre d'homme à manquer de bravoure, comme en attestaient ses loisirs, tous des sports extrêmes, car braver la mort ne lui faisait pas peur. Mais depuis quelques semaines il avait levé le pied. On s'habituait à tout, finalement, même à l'adrénaline.

Il s'était choisi une autre bataille.

Il finit par lever le regard vers elle, savourant son plaisir en lisant la stupéfaction dans ses yeux. Il fallait bien la connaître pour deviner combien elle était secouée par sa présence.

Il y avait quelque chose de familier dans son regard anthracite. Une flamme qu'il reconnaissait. Elle n'aurait sans doute pas apprécié qu'il lui rappelle quand il lui avait vu ce regard.

Ce qui lui donnait encore plus envie de le lui dire.

Il se contenta cependant de soutenir son regard, ce qui n'était pas tout à fait dans le cadre de l'étiquette en vigueur. Pourtant, il ne cilla pas et, ce qui était le plus marquant, elle non plus.

Il savait que pour la reine Emilia, c'était une entorse parfaitement inhabituelle au protocole.

Près de la reine se trouvait sa mère, autrefois reine

Alondra, devenue reine mère. Elle nota aussitôt qu'il y avait quelque chose d'inhabituel, car elle se redressa en jetant de petits regards à sa fille avant de se pencher vers Lady Paula.

— Comment se portent vos parents, très chère ? demanda-t-elle.

Lui ne pouvait pas quitter Mila des yeux. Il en était incapable.

Il eut même l'impression de retrouver la Mila d'il y avait cinq ans, furtivement. Mais elle disparut bien vite et la reine reprit sa place.

Le changement était évident, c'était quelque chose dans sa posture, peut-être l'inclinaison de sa tête ou de son cou. L'arc de ses sourcils aussi, qui se redressait légèrement.

— Pardonnez-moi, Votre Majesté, je ne vous ai pas saluée, dit-il en s'inclinant, non sans noter au passage que sa voix l'avait fait réagir.

Il y avait eu un petit quelque chose dans son visage, une nuance imperceptible lorsqu'il avait parlé.

Caius ne savait pas comment il aurait réagi si elle l'avait regardé comme s'il était un parfait inconnu. Sans doute avait-il refusé cette possibilité.

Sa révérence était tellement parfaitement exécutée, qu'elle frôlait la parodie. Il le faisait exprès. Elle lui avait d'ailleurs déjà reproché de se servir des codes et des manières de la haute aristocratie comme d'une arme.

Il voyait une certaine justice dans le fait d'utiliser cette arme-là contre elle, aujourd'hui.

Il se dit qu'elle devait se souvenir de cette conversation qu'ils avaient eue à ce sujet lorsqu'il se releva et que leurs regards se rejoignirent. Il avait l'impression d'en retrouver chaque mot, chaque sensation – les craquements du feu qu'ils avaient allumé ce soir-là, l'odeur iodée de la mer, les rougeoiements de flammes sur son visage.

Il n'était pas le seul à se rappeler ce qui s'était passé ensuite.

— Majesté, intervint Alondra, Lady Paula nous fait le plaisir de nous présenter l'Honorable Caius Candriano, dernier d'Italie.

Caius se tourna seulement vers la reine mère et effectua une nouvelle révérence encore plus appliquée.

— Je crains de n'être plus retourné en Italie depuis bien longtemps, madame, et je ne peux par ailleurs prétendre un seul instant être honorable.

Il se redressa en souriant largement à cette pauvre reine mère, qui semblait à la fois furieuse et amusée malgré elle par son attitude.

C'était l'effet qu'il avait sur les gens.

Paula, quant à elle, riait à gorge déployée de la situation. Elle n'avait jamais vraiment appris à se censurer et adorait provoquer ses interlocuteurs.

— Vous devez connaître Caius, lança-t-elle sans sembler noter la nuance inquiète dans le regard de Mila. Ma grand-mère a failli faire une crise de nerfs en apprenant qu'il serait mon cavalier ce soir.

Ce n'est qu'au bout d'un certain temps que Paula sembla noter que Mila restait comme figée, sidérée par la présence de Caius devant elle.

— Est-ce que tout va bien ? Tu as l'air soucieuse, tout à coup, demanda-t-elle à mi-voix.

Mila finit par détacher son regard de Caius pour sourire à son amie.

— Je vais bien, merci.

Caius les observa échanger, et il se remémora ce que lui avait dit Mila, son amitié pour Paula, la crainte que les sentiments des gens à son égard ne soient teintés d'intérêt ou d'envie. Mais ce n'était pas le cas avec Paula, avec qui elle avait toujours gardé des relations amicales précieuses.

Mais il était temps pour lui de passer à la deuxième phase de son plan qu'il avait secrètement orchestré depuis des semaines.

Personne n'avait beaucoup de temps lorsqu'il s'agissait de converser avec la reine, quelqu'un de l'entourage royal intervenait toujours pour éviter cela.

Sans surprise, c'est Alondra qui s'immisça à nouveau, caressant le lobe de son oreille en un geste qui semblait anodin mais que Caius savait être un signe destiné à Mila pour lui signifier que le moment était venu de passer à d'autres convives.

— Il faut que nous prenions le temps de nous voir dans de meilleures conditions, dit Mila. Est-ce que tu as eu des nouvelles de Carliz, récemment ? Tu as vu les dernières photographies de leur bébé ?

— Non, soupira Paula, elle m'a assuré qu'elle allait me les envoyer, pourtant.

À cet instant, Mila redevint la reine à nouveau. C'était flagrant. Et Paula comprit le message car elle se redressa et la salua, incitant Caius à faire de même.

Il eut alors le très grand plaisir de saluer Sa Majesté la reine Emilia de Las Sosegadas et de tourner les talons devant elle pour partir sans se retourner.

Il sentait son regard sur lui, dans son dos. Il l'aurait juré. Il le sentit toute la soirée, lorsqu'il dansa avec Paula, ou avec d'autres cavalières, lorsqu'il alla se rafraîchir au bar ou discuter avec les convives.

Il s'assura de passer toute la soirée sans lui manifester la moindre marque d'intérêt.

Lorsque la soirée se termina, il tendit le bras à sa cavalière et quitta le palais avec le reste des invités.

Il ressentit un profond sentiment de triomphe lorsqu'un membre du personnel du palais vint à leur rencontre pour intercepter Paula.

— Lady Paula, la reine Emilia a fait préparer des photographies de la princesse Carliz à votre intention, auriez-vous un moment ?

— Pour Carliz, j'ai tous les moments du monde ! répondit Paula.

Elle s'excusa auprès de Caius de l'abandonner quelques instants.

— Ne va pas te créer des ennuis en mon absence ! lança-t-elle en riant.

Il n'en aurait pas eu le temps même s'il en avait eu le projet, car un autre membre du personnel royal vint à sa rencontre et lui demanda de le suivre. Il s'exécuta sans broncher et se rendit dans une autre aile du palais.

Il traversa un premier salon puis longea un couloir, et son escorte s'arrêta devant une porte, frappa trois coups avant d'attendre un signal.

Alors il claqua ses talons l'un contre l'autre, ouvrit la porte et s'écarta pour laisser Caius entrer.

Il eut la surprise de se retrouver dans un salon vide.

À moins que...

La porte-fenêtre au fond était ouverte. Il traversa et sortit sur le balcon.

C'était elle.

Elle lui tournait le dos, le regard dans le vague face à la ville qui s'étendait devant le palais.

Il resta là, sur le pas de la porte. Il sentait son cœur tambouriner et son sang battre, trop vite, trop fort. Elle se tenait légèrement penchée en avant, les avant-bras sur la rambarde, et semblait absorbée dans un moment de contemplation.

Il ne s'y trompait pourtant pas : il savait que tous les sens de Mila étaient concentrés sur leur rencontre, sur sa présence auprès d'elle.

La présence de leurs deux corps si proches.

Il lui fallut faire un effort pour se souvenir de respirer.

Il franchit alors le seuil du balcon en enfouissant les mains dans ses poches.

Elle ne le regarda pas. Lui non plus.

Ils restèrent ainsi de longues secondes, tous deux occupés à respirer le même air après tant de temps.

— Est-ce que je dois considérer cela comme une sorte de menace, Caius ? demanda-t-elle finalement, presque doucement.

Elle regardait toujours au loin. Lorsqu'il se tourna vers elle, il nota son profil, ce nez si droit qui définissait ses traits, la forme de ses lèvres qui rendait sa bouche si sensuelle. Mais il ne parvenait pas à distinguer l'expression de son regard.

— Je ne suis pas le genre d'homme qui profère des menaces, Votre Majesté, dit-il en riant. J'aurais imaginé que tu le savais…

— Cinq ans ont passé, je ne pensais pas te revoir. Jamais. Et je l'espérais à vrai dire.

Lâchant la rambarde, elle se tourna vers lui et croisa les bras devant sa poitrine. Il se demanda si une reine croisait les bras. Sans doute pas.

Il avait connu la femme avant de connaître la reine, et il pouvait grâce à cela deviner ce qu'elle lui cachait. Il reconnaissait la lueur dans ses yeux qui parlait de ses émotions, l'imperceptible tremblement de ses lèvres qui disait son émoi.

Il prenait tout.

Il n'en aurait pas plus, ce soir, de toute façon.

— Est-ce que c'est une façon de parler à son mari ? répliqua-t-il alors.

— Qu'est-ce que tu veux, Caius ? s'enquit-elle d'un ton glacial.

— À ton avis ?

Ils se fixèrent, et il eut l'impression de perdre pied tout à coup.

— Tu dois bien te douter que la pression est forte pour que je me marie, dit-elle de sa belle voix, grave et pondérée. Je botte en touche pour le moment, mais je sais que mes arguments n'auront qu'un temps et qu'il faudra que j'assure la pérennité de la Couronne en ayant un enfant qui héritera du trône.

— Mila, murmura-t-il en s'approchant imperceptiblement, j'ai bien l'impression qu'il s'agit là de ton problème et pas du mien...

Elle le foudroya du regard.

— Je sais bien que ta parole t'importe peu, mais ce n'est pas le cas pour moi.

— Je vois que rien n'a changé depuis notre dernière conversation, dit-il en tâchant de garder son calme, ce qui avait le don de lui mettre les nerfs en pelote. Je t'invite à divorcer, comme je l'ai toujours fait.

— Tu sais que ce n'est pas possible.

— Alors je ne peux que te répéter ce que je t'ai dit il y a cinq ans. Si tu ne veux pas divorcer...

— Bien sûr que je veux divorcer ! interrompit-elle vivement, une flamme dans le regard. Mais tu refuses de signer les papiers dont j'ai besoin.

Son émotion le frappa en plein ventre, il avait l'impression de la ressentir lui aussi et il savait que c'était dangereux. Que cela avait toujours été ainsi entre eux.

— J'ai déjà gardé le secret sur notre mariage, répondit-il en haussant les épaules. Je ne vois pas pourquoi tu n'es pas capable de simplement me faire confiance pour gérer le divorce de la même façon.

— Je n'ai jamais compris pourquoi tu avais toujours besoin d'entrer dans ces rapports de force, soupira-t-elle, attristée. Qu'est-ce que tu espères tirer de ces jeux de pouvoir ? Au bout du compte je serai la reine de Las Sosegadas jusqu'à la fin de ma vie et toi...

— Oui, pour moi, rien n'est important, n'est-ce pas ? termina-t-il d'une voix désinvolte qui masquait le fait qu'il brûlait d'envie de la prendre dans ses bras. Mes parents semblent engagés dans une compétition à qui aura le plus de partenaires. Je n'ai pas un arbre généalogique, mais un buisson enchevêtré de mauvaises branches. Je comprends que ce ne soit pas à la hauteur.

— Ça faisait longtemps, murmura-t-elle dans un souffle, l'air désabusé. Mais qu'est-ce que tu veux de moi ?

— Je crois que j'ai besoin de reconnaissance, dit-il en penchant son visage vers elle. Mais je me doute que c'est terrible pour toi d'imaginer ce que le bon peuple de ton royaume pourrait penser de toi s'il apprenait quel mariage désastreux tu avais contracté. S'il pouvait se douter que tu t'es laissé emporter par tes désirs et tes sentiments pour me suivre... Que penserait-il de sa si parfaite reine Emilia, hein ?

— Il penserait sans doute la même chose que moi, répondit-elle calmement. Que tu es un grand séducteur, comme tu l'as prouvé maintes fois. J'ai succombé, comme d'autres, et je l'ai regretté amèrement. Fin de l'histoire.

— Je vois que tu avais bien préparé ta réponse, dit-il, presque admiratif. J'imagine que tu avais répété devant ton miroir ? Mais la tragédie reste la tragédie, non, ma reine ? Pour me classer comme un vulgaire séducteur, cela t'oblige à te reconnaître comme séduite. Qui croira à ta perfection après cela ? Tu seras une femme parmi d'autres...

Mila haussa un sourcil.

— Je te remercie, me voilà soulagée de constater qu'au moins une personne sur cette Terre est consciente de mon dilemme.

Il rit et il vit que cela l'affectait.

— Pauvre Petite Majesté, murmura-t-il, tu es restée tout ce temps assise sur cette grenade dégoupillée...

— Il faudra bien que nous trouvions une solution, Caius, tu en es conscient ?

Bien que rouge de colère, elle avait toujours une voix calme.

— Je n'ai aucun problème de mon côté, la situation me va parfaitement.

— Alors pourquoi es-tu là ?

Il rit à nouveau.

— Tu n'as jamais imaginé quel plaisir je pourrais prendre à ce genre d'entrevue ? lança-t-il. Tu n'as pas le contrôle de toutes choses, en ce bas monde, Mila. En tous les cas, tu ne me contrôles pas.

— Je n'ai aucune intention de te contrôler. Le monde t'appartient, Caius, mène la vie que tu entends, mais je veux seulement mettre un terme à notre mariage.

Il n'était pas prêt à se laisser endormir par ses fausses bénédictions.

— Le palais est à toi, et le peuple est tien, mais nous savons toi et moi que tu m'appartiens aussi, Mila. Tu es mienne, tu l'as toujours été et tu le seras toujours.

Une nouvelle fois, il vit son regard s'enflammer et nota qu'elle serrait les dents.

— Ce n'est pas un jeu, Caius.

— Pour moi tout est jeu, répondit-il en s'approchant à presque la frôler. Tu te rappelles lorsque tu m'avais dit cela ? Moi je n'ai pas oublié, Mila. Je n'ai rien oublié.

— Je ne voulais pas t'offenser, j'essayais de te comprendre, c'est tout.

Il se rappelait lorsqu'elle lui avait dit ça et combien elle essayait de se montrer bienveillante envers lui. C'était encore pire, sa condescendance, son mépris.

Impardonnables.

— Tu as eu une chance de changer les choses, dit-elle. Moi je ne pouvais pas ignorer tes exploits, pourtant, crois-moi, j'ai essayé. Mais je n'ai pas eu d'autre choix que de te regarder faire et d'attendre pour voir si tu arriverais à te mettre à ma place à un moment, si tu prendrais en considération ce que je t'avais dit.

— Il fut un temps où je ne pensais qu'à toi, répondit-il sans réfléchir.

Il sentit qu'il avait visé juste, car son souffle s'accéléra. Il la regarda porter la main à son cou, comme pour masquer les battements de son pouls. Il nota un léger tremblement de sa main.

Il aurait pu se sentir petit face à sa réaction, mais Caius n'était pas ce genre d'homme. Peu de choses avaient le pouvoir de l'impressionner ou de le faire douter. Même pas la détresse d'une femme qu'il avait aimée.

— Ce n'est tout de même pas de l'argent que tu veux ? lança-t-elle finalement.

Voilà qu'elle l'insultait à nouveau.

— Tu sembles oublier que je n'ai que trop d'argent, répliqua-t-il sans contenir sa colère, cette fois. Mais peut-être est-ce que tu as tout oublié ?

— Je n'ai rien oublié, répondit-elle. Si tu savais comme je le regrette !

Il sentait l'électricité de leurs deux corps si proches. Cette même énergie incontrôlable qui les avait réunis dès leurs premiers regards échangés et qui ne les avait plus quittés le temps de cette parenthèse.

— Je crois que tu as besoin d'un petit rappel, alors, Majesté. Un rappel de qui nous sommes.

Il n'attendit pas sa réaction. Ne lui laissa pas le temps de dresser son armure royale devant lui.

Il glissa la main derrière sa nuque, avec l'impression qu'il se rappelait à la perfection de cette sensation.

Et puis il l'attira à lui et l'embrassa comme il en rêvait depuis des années.

3

Mila s'abandonna à son baiser et sut aussitôt qu'elle était perdue.

À moins que ce ne soit un retour à la vie ?

Elle retrouvait la même énergie, la même intensité, le goût merveilleux de ses baisers. Comme si elle avait su avant même leur premier contact qu'il ne pouvait en être autrement. Et lui qui prenait un malin plaisir à lui faire entrevoir cela.

Ce soir, leur baiser était aussi un impossible voyage dans le temps.

Elle était renvoyée à tout ce qu'elle avait essayé d'oublier et qui lui revenait pourtant au plus noir de la nuit avant le déni du petit matin.

Il prit sa bouche comme à chaque fois, et c'était un ravissement. Comme s'il savait mieux qu'elle ce dont elle avait envie. Ce dont elle avait besoin. Il y avait du désir pur, profond, qui s'exprimait là. C'était aussi le mélange du soleil californien et des journées de brouillard.

C'était tout ce qui lui manquait tant et qu'elle prétendait avoir renié. Mais elle en était incapable dans le fond.

Et puis il y avait aussi le regret, brûlant, amer, qui la

traversait et rendait ce baiser si intense qu'elle en était surprise elle-même.

Elle oublia le devoir, les missions, le protocole et les responsabilités. Ses engagements et ses promesses. Le pays et son peuple.

Elle oublia tout sauf la magie de sa bouche sur la sienne, la façon dont leurs lèvres se fondaient ensemble, dont leurs langues dansaient comme si leurs corps n'avaient rien oublié du tout.

Comme si, pendant tout ce temps, elle avait contenu le dragon prêt à se déchaîner en elle, elle en sentait déjà le feu et la fureur.

Elle voyait pourtant le rebord de la falaise dont elle avait déjà sauté une fois. Elle savait combien il était facile, finalement, de faire ce grand saut en laissant leur baiser les emporter. Elle n'avait besoin que de se laisser aller pour s'abandonner à la tempête. Il lui suffirait de suivre le brillant dragon de la passion qu'elle avait tâché d'oublier depuis si longtemps.

Mais elle n'était plus la jeune femme naïve d'il y a cinq ans.

La reine Emilia n'avait plus le luxe d'oublier qui elle était.

C'était déjà le cas cinq ans plus tôt, mais aujourd'hui c'était indéniable. Toute sa vie était sous contrôle. Elle était reine, maintenant, et plus la princesse héritière qui s'offrait une parenthèse de liberté avant d'arborer la couronne paternelle.

Elle était la reine, dans son palais, et quelqu'un finirait très vite par les découvrir si ce n'était pas déjà le cas. Et même si elle se savait appréciée et soutenue par son personnel, il y avait toujours le risque que quelqu'un ne soit tenté par les copieuses sommes d'argent que la presse à scandale était prête à payer pour la moindre information croustillante touchant à la Couronne.

Elle porta la main à sa poitrine. Caius était tellement irrésistible que le regarder en était douloureux. Le toucher était déjà une tragédie et, à nouveau, le regret amer la traversait.

À une époque, bien lointaine maintenant, à tel point que cela lui semblait un rêve, elle avait imaginé autre chose.

Oui, à cette époque elle s'était autorisée à espérer une autre vie.

Et puis la réalité s'était vengée.

Elle s'en souvenait bien, là aussi. Impossible de repenser à ce qu'elle avait vécu avec Caius sans se remémorer du même coup comment tout s'était terminé.

Le tableau était plus que clair dans sa mémoire. Mila se revoyait dans la chambre d'un hôtel, fixant, sans comprendre ce qui se passait, la garde du palais qu'elle considérait comme une amie et qui ne lui souriait plus. Pourtant Noemí lui souriait toujours, même lorsqu'elle rencontrait celui qui était devenu son amant. C'était ainsi que sa garde du corps avait pris l'habitude de saluer la princesse du regard.

Mais là, son sourire s'était changé en une froide courtoisie, assez incompréhensible alors qu'ils se trouvaient si loin de tout et que personne ne pouvait les surprendre en ces lieux reculés au milieu des séquoias.

« Le roi est mort, avait dit Noemí, d'une voix grave et sombre. Vive la reine. »

Le jour pour lequel elle avait été préparée depuis sa plus tendre enfance, sans jamais pour autant se le formuler elle-même, était arrivé. Elle était la reine.

Pendant ce temps, Caius prenait une douche, inconscient de ce qui était en train de se passer. Inconscient de ce que tout avait changé. Son père bien-aimé était mort ; elle n'avait même pas pu lui dire adieu et elle devrait porter son deuil ainsi que son nouveau titre de reine sous les regards du monde entier.

Une reine qui avait pourtant désobéi à son père et à toute sa famille en faisant ce qu'elle n'aurait jamais dû faire : se marier.

Elle se rappelait avoir fixé Noemí en silence, un silence qui s'était étiré de longues secondes, alors qu'elle se répétait : « Qu'est-ce que j'ai fait ? »

Voilà ce qui se rejouait en elle à cet instant, comme si cela venait d'arriver. Et puis il y avait la présence de Caius, en chair et en os, plus son souvenir, celui qui l'avait hantée tant de jours et de nuits, surtout.

Caius qui la regardait de haut alors qu'elle se reculait d'un pas, à grand-peine. S'éloigner de sa peau, de sa bouche, était si dur, et lui semblait sourire avec cynisme, déjà. Mais elle avait vu le feu dans ses yeux.

Des yeux ambre si foncés qu'on avait l'impression d'un trou noir au milieu d'un cercle de flammes.

Comme un sortilège.

Elle avait toujours eu l'impression qu'il y avait une part de magie en lui.

— La situation a beaucoup changé, finit-elle par déclarer en tâchant de recouvrer ses esprits.

Mais cela ne sembla pas toucher Caius plus que cela. Il tendit la main vers son visage et lui effleura la joue, comme s'il espérait attiser les braises qu'il avait allumées. Précautionneusement, ensuite, il saisit une mèche de ses cheveux qui avait réussi à s'échapper et la glissa derrière son oreille.

— Tout n'a pas changé, dit-il d'une voix grave.

Sans savoir pourquoi, elle eut soudain envie de pleurer. Elle pouvait sentir les larmes se presser à ses paupières et menacer de se répandre sur ses joues.

Parce qu'il était revenu, ce maudit petit espoir qu'elle n'avait jamais réussi à chasser totalement malgré les années.

Elle le repoussa, comme elle avait appris à le faire pour ne pas s'effondrer.

— Peu importe. Cela n'a jamais été simple malgré tout ce que tu pouvais prétendre, lança-t-elle en tâchant de paraître assurée et résolue.

Son regard brilla dans la pénombre.

— La simplicité est une vue de l'esprit, Mila. Tu me remercieras peut-être un jour, mais après tout, le mal est fait, non ? Reste à l'annoncer.

Sans doute avait-elle finalement oublié trop de choses. Comme l'envie qu'il faisait naître en elle, ce dragon qu'il réveillait. Et elle était impardonnable, car en tant que reine elle ne pouvait se permettre l'oubli ou l'ignorance, même si elle les avait sans doute choisis comme une forme de défense à l'époque.

Elle essayait de se remettre de la mort de son père et puis de la perte de la magie de sa relation avec Caius. Elle avait cru ne pas survivre à tout cela.

Elle aurait dû se douter qu'il reviendrait un jour ou l'autre. Parce qu'elle lui avait fait des promesses qu'elle n'avait jamais tenues. Des promesses qu'elle n'aurait jamais dû faire.

Elle fit un pas en arrière, aussi dur à accomplir que cela

l'avait été lors de leur dernière entrevue. À l'époque, elle avait essayé de se convaincre qu'elle avait tout imaginé de cette relation, aveuglée qu'elle était par la douleur du deuil de son père et par tout ce que cela allait impliquer dans sa vie…

Mais elle n'avait pourtant pas rêvé, et cela faisait toujours mal. Tout ce qui touchait à Caius était aussi sensible, quelle que soit la façon dont elle l'interprétait.

La différence, songea-t-elle, était qu'elle n'avait plus la possibilité de laisser transparaître ses émotions à quiconque, maintenant. Surtout pas à lui.

Il fallait qu'elle remette son armure. Elle croisa les bras devant elle, le plus dignement possible. Elle mit son masque le plus impassible et hautain, et tâcha de le regarder de haut, même s'il lui volait une bonne tête.

Elle fit aussi mine de ne pas entendre son rire moqueur résonner à ses oreilles.

— Annoncer quoi ? demanda-t-elle avec un calme totalement feint. Que le cavalier de Lady Paula avait en fait une entrevue secrète avec la reine ? Tout le monde sera ravi de l'apprendre, je pense.

— Je sais que ce ne sera pas une mince affaire, mais nous pourrions essayer de dire la vérité, expliqua-t-il avec son intonation si personnelle, mélange de tous les accents et d'aucun.

Elle n'aurait pas dû évoquer Paula, parce que maintenant elle n'arrivait à penser à rien d'autre que son amie. La pauvre Paula qu'elle avait trahie. Comment voir les choses autrement ? Paula ne pouvait pas savoir que Caius était secrètement marié et encore moins à son amie… La reine. Mais Mila savait parfaitement avec qui Caius était arrivé ce soir.

— La vérité est indicible. Non seulement tu m'as fait me trahir moi-même et trahir mon pays, mais en plus, maintenant, il y a aussi Paula...

— Quand on pense que je ne fais que commencer, répliqua-t-il avec le regard amusé de quelqu'un qui savoure son effet.

Comment était-il possible malgré tout cela que le désir, cet horrible dragon, persiste. Sans doute parce qu'elle n'avait jamais oublié ce que c'était qu'être touchée par lui.

Rien que là, la façon qu'il avait de se comporter avec elle, de l'effleurer, l'enlacer, replacer ses cheveux, cela n'arrivait jamais à la reine.

Jamais.

— Maintenant, si tu veux bien m'excuser, mais mon amie m'attend. Et elle t'attend sans doute aussi.

— Si c'est ainsi que tu choisis de la jouer, ma douce Majesté...

La façon qu'il avait de l'appeler « Princesse », à l'époque. « Ma Princesse », alors même qu'il lui faisait l'amour et qu'elle ne pouvait imaginer leurs corps s'écarter ne serait-ce que de quelques centimètres.

« Ma douce Majesté » était encore pire...

— Je sais ce que tu penses, commença-t-elle sur le ton qu'elle employait face aux ministres récalcitrants ou aux politiciens durs à cuire.

— Si j'étais toi, je ferais attention, coupa-t-il. Tu ne sais pas ce que je pense, tu ne l'as jamais su. N'essaye pas de prétendre le contraire.

Là aussi, elle crut recevoir un électrochoc. Personne,

jamais, ne coupait la parole à la reine. Cela faisait cinq ans qu'elle n'avait pas été interrompue.

— C'est ainsi que font les hommes, de nos jours, semble-t-il. Comme ils craignent d'être rejetés par les femmes, ils préfèrent les menacer ou les insulter au lieu d'essayer de se demander pourquoi les femmes ne les voudraient pas et de travailler sur eux. Les femmes ayant peur, elles finissent par rabaisser leurs attentes...

Elle lui sourit en le fixant.

— Ce que tu devrais garder en tête à mon sujet en toute occasion, expliqua-t-il, c'est que je ne souffre ni d'une basse estime de moi-même, ni du moindre problème de confiance dont souffrent ces hommes que tu évoques. Je sais très bien qui je suis et combien je suis apprécié partout. Je n'ai pas besoin de jouer la comédie avec les femmes, il me suffit d'être moi-même.

— Je vois que ton arrogance n'a pas souffert le moins du monde.

— Est-ce que la vérité peut être arrogante ? demanda-t-il en haussant les épaules. Il faut surtout que tu saches si tu es prête à gérer celui qui n'a plus grand intérêt à garder tes petits secrets.

Elle soutint son regard comme si sa menace ne la terrifiait pas. Elle ne broncha pas ni ne baissa le regard.

— Je te remercie de me faire part aussi clairement de tes intentions. J'en profite pour te rappeler que je ne suis plus une princesse isolée sur une lointaine côte perdue. Moi aussi, je sais qui je suis et je pense que tu devrais te rendre compte que la jeune femme que tu as connue n'est plus qu'un rêve lointain.

Elle avait envie de lui dire qu'elle était la reine et qu'il ferait bien de mieux la traiter en tant que telle, car elle avait les moyens de répliquer, mais elle ne le dit pas. Elle supposa qu'il savait que c'était implicite.

— Un rêve lointain, peut-être, mais qui a tout de même commis l'imprudence de signer des papiers officiels, rétorqua-t-il.

Elle ne pouvait pas le laisser la menacer ainsi, le fait de continuer à l'écouter était une forme d'indulgence qu'il ne méritait pas, aussi tourna-t-elle les talons pour rentrer.

Elle sortit et passa devant le garde – hélas, ce n'était plus Noemí, qui avait été remerciée de ses services exceptionnels en étant nommée cheffe de la sécurité du palais.

Elle remonta d'un pas rapide le long couloir et chercha l'heure sur les pendules. Elle avait dû passer quelques minutes avec lui, rien qui ne permette au garde de s'imaginer des choses inconvenantes.

Car elle devait se méfier de tout et de tous, maintenant.

Elle rejoignit le salon où Paula l'attendait et la trouva assise avec tous les albums photos qu'elle lui avait fait passer.

— Pardon d'avoir tardé, dit-elle en entrant, je pourrais te mentir et prétendre que j'ai été retenue par des problèmes majeurs, mais la vérité était que je faisais la leçon à ton partenaire !

Paula éclata de rire, et Mila s'en voulut.

Elle n'avait pas même prévu ce mensonge, il était comme sorti tout seul alors qu'elle se précipitait pour la rejoindre. Elle avait juste eu le temps de se dire que Caius était tout à fait capable de raconter ce qu'il voulait à Paula...

Voilà quelle était sa vie maintenant... Il lui fallait jouer une partie d'échecs permanente.

— Il est mon cavalier pour la soirée, mais certainement

pas mon partenaire dans la vie ! Tu imagines ? Qui pourrait sérieusement envisager Caius Candriano comme compagnon ?

— Je me le demande ! répondit Mila, gênée.

— Non pas que je n'aurais pas envie de goûter à une certaine intimité, si je ne savais que trop à quel point c'était une mauvaise idée. Mais je dois dire qu'il est terriblement sexy, j'aurais peur de me consumer entre ses bras !

Oui, tout cela était juste, songea Mila. Il était à la hauteur de sa réputation sulfureuse, et elle avait l'impression qu'il suffisait à une femme de s'approcher de son corps pour le ressentir.

Elle le sentait à cet instant en tous les cas, comme un feu ardent en elle.

S'était-elle fait croire pendant tout ce temps qu'elle avait échappé à sa brûlure ?

Mais il n'était pas temps de penser à cela. Pas ici.

Elle se tourna vers les photos qu'elle avait fait apporter à Paula et les passa en revue avec son amie, avant d'évoquer les souvenirs de leur jeunesse. Le poids des responsabilités avait marqué la vie de Mila, contrairement à Carliz et Paula qui avaient profité de l'existence normale d'adolescentes impétueuses.

Pendant longtemps, Mila avait été jalouse de ne pouvoir vivre comme elles, dans l'insouciance de la jeunesse, malgré les rigidités de la vie aristocratique des jeunes filles de la noblesse de Las Sosegadas. Avec le temps, elle avait appris à faire la paix avec cela et avec ses choix.

Et la voilà qui se retrouvait propulsée dans le passé, un passé qu'elle pensait avoir caché, là où personne ne pourrait le retrouver. Mais il était reparu, toujours aussi redoutable.

Lorsque Paula s'en fut, Mila ne la raccompagna pas jusqu'à l'entrée du palais où Caius devait l'attendre. Mieux valait rester discrète, cela n'avait rien à voir avec de la peur. Car elle n'avait pas peur de lui.

Mais elle devait admettre qu'elle pressa le pas pour regagner ses appartements.

Une fois qu'elle aurait salué son personnel pour la nuit et refermé les portes, elle pourrait redevenir Mila, jusqu'au matin.

Juste elle-même.

Et, ce soir, elle avait une mission.

Elle sourit et remercia ses femmes de chambre avant de fermer sa porte derrière elles, puis se tint un moment immobile. Elle voulait faire taire cette petite voix qui montait en elle. Ne pas écouter son cœur qui battait trop fort.

Elle s'obligea à accomplir son rituel beauté du soir sans rien y changer. On l'avait aidée à défaire sa robe, mais elle faisait tout le reste elle-même. Elle enfila ce que sa sœur avait coutume d'appeler son « pyjama de princesse », dans un cachemire d'exception qui semblait flotter autour de son corps comme un soupir.

Elle pensa aux doigts de Caius qui effleuraient sa peau. Puis les chassa de son esprit.

— Ça suffit ! dit-elle à voix haute.

Elle s'assit en face de son miroir et détacha ses cheveux avant de les brosser. Elle avait toujours dû en prendre un soin particulier, car le port de la couronne attirait tous les regards vers sa chevelure. Sa mère lui avait toujours répété qu'une reine devait rayonner de santé et de vitalité.

« Santé et vitalité ! » se moquait Carliz en entortillant ses cheveux en un chignon sommaire et prétendant ne jamais avoir vu une brosse.

Mila se démaquilla et se lava le visage avant d'appliquer une crème de nuit. Ce n'est qu'après avoir pris soin de son corps qu'elle s'autorisa la suite.

Elle se rendit dans sa chambre et ouvrit le tiroir de son bureau pour y enfoncer la main. Tout au fond, elle tâtonna avant de s'arrêter sur ce qu'elle cherchait.

Elle débloqua le double-fond du tiroir et en sortit l'enveloppe qu'elle avait scotchée là, des années auparavant. Elle la tint entre ses mains, avec prudence, comme si elle risquait de la mordre.

Mila s'installa sur son lit, bien au milieu. Elle avait bien essayé de demander à ses femmes de chambre d'enlever les oreillers superflus et surtout le baldaquin ridicule. Elle avait fait changer le matelas, trop ferme à son goût. Malgré tout cela, elle n'avait jamais vraiment retrouvé un sommeil serein.

Elle retourna l'enveloppe.

Juste une fois.

Elle soupira et l'ouvrit, avant d'en renverser le contenu sur son drap.

Il n'y avait alors plus rien à faire que de fixer la chaîne dorée dans laquelle était passé l'anneau d'or qu'elle n'avait porté qu'une seule fois à son annulaire.

Si peu de temps.

Elle avait pensé qu'elle aurait pu la garder autour de son cou, en pendentif, mais, avant même d'atterrir à Las Sosegadas, elle avait su que ce n'était pas une bonne idée.

Elle allait s'attirer des questions, susciter les spéculations de la presse, et de tout le monde.

Alors, elle l'avait cachée et ne s'était plus autorisée à la regarder.

À cet instant, pourtant, elle ressentait à nouveau tout ce qu'elle avait éprouvé alors. Le feu de joie de la passion. Cette connexion si intense, mais impossible.

Le dragon se réveillait en elle, ouvrant la porte au manque, à la douleur, à l'espoir qu'elle abritait dans son cœur.

Pourtant, elle avait autre chose à penser pour le moment. Elle devrait sans doute prévenir les attachés de presse en charge de gérer les scandales au palais, car il risquait bien de mettre sa menace à exécution.

Mais elle n'y arrivait pas.

Elle restait là, assise en tailleur sur son lit.

Elle pensa à leur baiser, ce baiser insensé qu'elle n'aurait jamais dû laisser arriver. Elle souleva la chaînette dorée et laissa l'anneau se balancer dans la douce lumière de sa chambre.

Ici, il n'y avait qu'ici qu'elle pouvait faire cela sans que personne ne la voie. Alors elle passa la bague à son doigt, comme à l'époque.

Pour la première fois depuis bien longtemps, elle laissa le flot des souvenirs affluer, jusqu'à ce que sa bouche ait un goût de sel et qu'elle n'ait plus de larmes à pleurer sur l'homme qu'elle n'avait pas le droit d'aimer.

L'homme qu'elle ne pouvait avoir.

L'homme qu'elle n'aurait jamais dû désirer.

L'homme qu'elle devrait encore oublier dès le lever du jour.

4

Quelques semaines plus tard, Caius se servait un verre en passant en revue les danseurs sur la piste. Cette fois-ci, il avait été invité personnellement et non comme cavalier. Il se félicita du tour que prenait sa campagne.

Il avait à lui seul réussi à faire de Las Sosegadas une destination de choix pour les personnalités les plus en vue, toutes ces grandes fortunes qui s'ennuyaient à bord de leurs yachts.

Voilà qu'ils découvraient le petit royaume montagneux ou arpentaient les boulevards de sa capitale comme s'ils avaient grandi ici.

Les hôtels étaient remplis d'héritières et de fils de bonne famille, convaincus grâce à lui que les plages et le soleil étaient dépassés. Le prix de l'immobilier avait explosé, tout le monde cherchant à acquérir un petit pied-à-terre dans ce royaume tant convoité.

Pour cela, Caius n'avait eu qu'à faire ce qu'il faisait toujours, passer de fête en fête avec son sourire narquois aux lèvres, laissant penser à tous qu'il savait quelque chose qu'ils ignoraient.

Et cela marchait : tous essayaient de découvrir ce que Caius Candriano savait.

À tous les coups.

C'était là le pouvoir du masque qu'il s'était créé et avait pris l'habitude de porter.

Il lui avait fallu très peu de temps pour s'attirer les bonnes grâces des hôtes du royaume, qui, naturellement, le trouvèrent très vite indispensable. Était-ce seulement une fête si Caius n'en était pas ?

Mais il en était. Toujours. Et il avait obtenu ses entrées aussitôt qu'il avait été reçu au palais.

Il avait ensuite pratiqué ce jeu d'enfant qui consistait à se rendre à chaque occasion fréquentée par la reine. Partout où elle était, il apparaissait.

Parfois il parvenait à lui parler, même si ce n'était pas son but premier et qu'il ne faisait pas des pieds et des mains pour cela.

Car il avait la certitude qu'elle s'attendait à ce qu'il fasse cela : forcer le passage, insister, s'accrocher. Alors, il faisait l'exact inverse.

Il eut la satisfaction suprême de voir la reine s'agacer de plus en plus au fil de ses apparitions. Son regard devenait plus noir à chaque entrevue, et il adorait avoir la sensation d'être aux commandes de son humeur.

De son côté, il faisait son possible pour paraître parfaitement détaché, comme s'il ignorait qu'elle serait présente à cette occasion et que cela l'indifférait au plus haut point.

Ce soir, il avait réussi à faire des étincelles à en juger par le regard qu'elle lui avait jeté. Il sentait la tension depuis l'autre bout de la salle.

Il prenait sans doute un peu trop de plaisir à ce petit jeu. En particulier parce qu'il était le seul à pouvoir le voir.

Pour tous les autres convives, la reine semblait sans doute parfaitement égale à elle-même.

— Que penseriez-vous de m'embaucher comme conseiller touristique, Votre Majesté ? suggéra-t-il un peu plus tard dans la soirée, lorsqu'il se retrouva installé à côté de Mila à la table du banquet.

Non pas qu'il ait sollicité cette faveur, mais leur hôte avait pensé que sa présence, très recherchée ces derniers temps, serait un motif de réjouissance pour la reine. Il était en passe d'être l'invité d'honneur de toutes les festivités du moment à Las Sosegadas.

Évidemment, il souriait intérieurement en notant comment sa présence la mettait à la torture.

— Nous avons déjà un bureau du tourisme, répondit-elle en plantant vigoureusement sa fourchette dans une crevette. Je n'imaginais pas que vous travailliez. Avez-vous jamais occupé un emploi ?

— N'ayez aucune crainte, Majesté, tout ce que je fais, je le fais bien, répondit-il en la fixant d'un regard appuyé.

Il n'aurait pas dû s'amuser ainsi avec elle, mais il ne pouvait s'en empêcher et il ne boudait pas son plaisir. Voir ses joues se colorer à ses sous-entendus n'avait pas de prix. Ce qu'il aimait par-dessus tout, c'était qu'il pouvait interpréter chaque changement sur ses traits sans que personne d'autre ne s'en doute.

Lui avait déjà vu sous son masque.

Il savait qu'il ne le ferait pas tomber aussi facilement, elle était coriace et les enjeux étaient immenses, surtout lors de soirées publiques comme celle-là.

Mais il était à peu près sûr qu'elle ne passait pas de très bonnes nuits dernièrement.

Tant qu'elle pensait à lui, en tout cas, cela lui allait. Connaissait-elle parfois les insomnies qui le réveillaient, lui, pantelant de manque et de désir ?

— C'est curieux, dit-elle d'une voix contenue qui avait sur lui un effet particulièrement excitant, je ne vous imaginais pas si impliqué, vous avez cette image de désinvolture dilettante, je vous voyais plutôt butinant des plaisirs éphémères ici et là en Europe, sans attaches, à la façon d'un papillon.

— J'aime aussi beaucoup la côte Ouest des États-Unis, répliqua-t-il en souriant de son allusion. C'est d'une beauté d'un autre genre, très sauvage. Y êtes-vous déjà allée, Votre Majesté ? Peut-être pour une visite officielle ?

Elle ne le gratifia pas même d'un regard ou d'une réponse et se retourna sans préavis vers la personne qui se trouvait de l'autre côté pour engager une discussion ennuyeuse sur le contexte économique du royaume.

Lorsque arriva le plat suivant, elle se retourna vers lui, le regard sombre. Il se doutait qu'elle aurait préféré continuer à l'ignorer pour le restant de la soirée, mais cela aurait fini par se voir et elle ne pouvait se le permettre.

Lui aurait fait une très mauvaise reine, se disait-il souvent, amusé.

— Combien de temps aurons-nous le plaisir de votre présence dans notre royaume ? demanda-t-elle.

— Je ne pensais rester qu'un jour ou deux, au départ, dit-il en s'adossant confortablement à son siège. Mais finalement, je recherche une propriété à acheter !

— Ah vraiment, et qu'est-ce qui nous vaut cet intérêt soudain ?

— Les charmes de votre royaume sont un argument

à eux tout seuls, Votre Majesté, dit-il avec toujours cette lueur de contentement ultime dans le regard.

— J'ai toujours pensé que les charmes de mon royaume étaient capables de changer l'âme d'une personne, répondit-elle en affichant à son tour un sourire vainqueur. En avez-vous une vous-même ?

Caius n'avait aucune raison de se laisser désarçonner ainsi, si facilement.

Pourtant, c'était le cas.

Plus tard, peut-être, il comprendrait ce que cela avait piqué en lui. Sans doute que son regard avait touché dans le mille, lui rappelant d'autres temps. Parce qu'elle avait pris plaisir à lui décocher ce tir.

— Je dois admettre que je ne crois pas avoir jamais eu ce genre d'article en ma possession, répondit-il, mais je m'en sors très bien sans !

— Il vous suffit de faire comme si c'était le cas, n'est-ce pas ? Je devine en vous un grand talent d'acteur, capable de prendre possession de n'importe quelle scène.

Il sentait que leur conversation sortait des rails et il n'arrivait plus à maintenir suffisamment de distance pour rester prudent.

— Je pensais que c'était là votre rôle. Ne devez-vous pas disparaître derrière la reine en attendant de devenir votre propre statue ?

Ils eurent la chance que leur hôtesse choisisse ce moment précis pour annoncer son discours et que personne n'entende sa réponse. Mais Mila l'avait entendue juste avant de se tourner vers celle qui prenait la parole en recomposant son visage impassible, celui de la reine parfaite.

Le lendemain, il se réveilla avant l'aube, comme à son habitude, bien que personne ne le sache. Il prenait soin de ne pas ruiner sa réputation d'hédoniste parfait.

Il sortit de son hôtel avant que le soleil n'ait atteint la grande vallée et se rendit sur les sentiers qui menaient au lac Royal.

C'était une randonnée ardue mais, malgré la difficulté et la distance, il ne parvint à distancer les pensées de Mila qui le poursuivaient sans cesse.

Ce n'est qu'une fois aux abords des eaux cristallines, le cœur battant, les jambes encore tremblantes de l'effort d'ascension, qu'il reconnut qu'il n'était pas certain d'être capable de continuer à la voir aussi souvent.

Il avait eu l'espoir de la croiser à quelques reprises pour déployer sa toile, mais là, c'était trop. Il retrouvait trop souvent les traces de sa Mila sous le masque de la reine Emilia.

Chaque fois que ses joues se coloraient, chaque fois qu'elle détournait le regard ou au contraire le fixait, quand il lisait la colère ou le désarroi dans ses yeux.

Tout cela lui rappelait qu'il n'était pas encore guéri. Qu'elle avait existé en lui tout ce temps et qu'elle était juste là, sans qu'il puisse vraiment la toucher pour autant.

Il marcha des heures ce matin-là avant de regagner son hôtel et découvrit sans surprise de nombreux messages sur son téléphone en rentrant. Mais il les ignora. Puis son téléphone sonna.

Il ne pourrait sans doute pas l'ignorer très longtemps encore.

— Caius ? fit sa sœur au bout du fil. Qu'est-ce que tu fabriques, bon sang ? Si on m'avait dit que tu irais te perdre aussi longtemps dans ces montagnes reculées, je ne l'aurais jamais cru !

— Bonjour, Lavinia, répondit-il. Tu exagères, cela ne fait que quelques semaines...

— Je me souviens que tu disais que passer plus d'un long week-end en un même lieu était un risque inconsidéré de se voir pousser des racines prêtes à t'emprisonner !

— On croirait une poésie d'adolescent, heureusement que je n'ai jamais écrit ce genre d'idiotie.

Il était bien conscient qu'il avait prononcé ces paroles, cependant. C'était tout à fait son genre !

Lavinia éclata de rire. Elle le comprenait pour avoir grandi dans la même famille aux mœurs tellement dissolues qu'ils n'avaient guère connu l'un et l'autre que des hôtels pendant leur enfance.

À cette époque, leur mère, la comtesse, était en fait sans domicile fixe, mais sa situation et son titre, pourtant discutables, lui avaient permis de satisfaire son besoin d'attention en passant de palace en palace au gré des fêtes et des invitations, jusqu'à ce qu'elle obtienne ce qu'elle cherchait. Manipulatrice. Intéressée. Alcoolique. Voleuse. Leur mère était un peu tout ça.

Mais « comtesse » était plus simple.

— Je sais pourquoi tu m'appelles, dit Caius. Mais j'aurais cru que mon silence était une réponse en soi.

Lavinia rit de plus belle.

— La comtesse refuse de s'abaisser à t'appeler, mais elle sera absolument dévastée si tu ne participes pas à son mariage.

— J'ai été aux cinq derniers, tout de même.

— Elle dit que celui-là est différent.

— Elle dit toujours ça ! rappela-t-il à sa sœur. Pourquoi est-ce que tu lui réponds de toute façon ? J'avais cru comprendre que tu ne voulais plus non plus y participer.

— Il faut bien que quelqu'un lui réponde, dit Lavinia dans un soupir.

— Tu sais bien qu'elle trouve toujours quelqu'un, Lavinia. Et puis elle a d'autres enfants, non ?

— Personne qui aurait osé t'appeler, répliqua-t-elle. On parle de toi partout, au fait. Je ris en apprenant que tu es l'invité d'honneur que toute la belle société de Las Sosegadas s'arrache !

— Je suis pourtant toujours le même, où que j'aille, déclara-t-il. Je regrette d'apprendre que j'impressionne mes frères et sœurs au point de ne pas oser me parler.

— Tu ne regrettes rien du tout. Bref, la comtesse se marie encore, que nous le voulions non. Je ne sais même plus à quel mariage elle en est...

— Mais pourquoi continues-tu de jouer son jeu, à la fin, Lavinia ?

— Caius, ne crois-tu pas qu'il serait bizarre que tu ne sois pas présent au mariage de ta mère, alors que tous les journaux passent leur temps à parler de tes escapades dans le royaume de Las Sosegadas ? répondit Lavinia en faisant mine d'ignorer sa question.

— Je viendrai au prochain !

— Caius, tu n'as même pas rencontré son futur mari. Elle en sera vraiment blessée.

— Tu sais bien que la comtesse n'a aucun sentiment, rétorqua-t-il.

— Tu as tort. Elle sera humiliée de ton absence, tu es très célèbre, tu le sais...

— Je dois te laisser, maintenant, Lavinia, coupa Caius. Je crois qu'il est temps que tu arrêtes de faire le sale boulot à sa place.

Il raccrocha en fixant un moment son portable, se demandant s'il devait aller jusqu'à appeler son père.

Le vieil homme était devenu prisonnier de ses addictions au jeu, aux belles voitures et promettait de salir le nom de leur famille jusqu'à la fin de ses jours.

Lavinia et lui étaient les aînés des cinq enfants de la comtesse. Tous étaient nés d'un père différent et chacun avait de son côté d'autres enfants. Mais Caius et Lavinia étaient ceux qui étaient restés le plus longtemps auprès de la comtesse, faisant qu'ils considéraient qu'ils formaient une famille tous les deux.

Lorsqu'on l'interrogeait en public, il aimait tourner cela en dérision. Il y avait diverses façons peu flatteuses d'évoquer une femme comme sa mère, qui passait d'un homme à l'autre, faisant souvent un enfant au passage, ce qui obligeait les hommes en question à rester dans sa vie d'une façon ou d'une autre, qu'ils le veuillent ou non. Évidemment personne n'aurait osé recourir à ces termes pour parler de la comtesse.

La vérité était qu'elle était une femme cruelle, vaniteuse et immorale, ce qui pour autant ne semblait guère déranger les gens. Elle passait d'une conquête à l'autre, entraînant ses enfants dans son sillage ou les confiant au personnel de l'hôtel lorsqu'elle en avait assez. Elle les envoyait à l'école ou les en retirait au gré de ses envies et se transformait en gorgone lorsque l'un d'entre eux se rappelait à son souvenir quand elle n'était pas d'humeur.

Elle avait une fois abandonné Caius dans un hôtel de

Berlin parce qu'il l' « ennuyait ». Elle avait envoyé quelqu'un le chercher dix jours plus tard et l'avait encore puni pour le dérangement occasionné. Il n'avait alors que huit ans.

Caius avait détesté chaque jour de son enfance. Purement et simplement.

Pourtant, il semblait avoir adopté le même genre de vie en grandissant. Il était sans attaches, allant au gré de ses envies ou de ses rencontres sans chercher à s'établir. Il n'avait pas voulu s'attarder sur les traumatismes de son enfance, il craignait sans doute de devoir les reconnaître pour commencer.

Il avait fini par décider, au cours de son adolescence, que tout était très bien comme c'était, qu'il était parfait et qu'il n'y avait rien à changer.

Absolument rien à changer.

Un grand avantage du genre d'enfance qu'il avait eue était qu'il avait acquis la capacité de charmer n'importe qui. Il avait dû développer ce talent pour survivre durant ces années chaotiques et il savait maintenant qu'il excellait en cela. Il savait se faire apprécier de tout le monde et obtenir ses entrées partout. Il en tirait d'ailleurs une grande fierté la plupart du temps.

Enfin, jusqu'à Mila.

Et c'était là ce qu'il ne parvenait à pardonner. Même après tout ce temps. Elle l'avait regardé comme si elle pouvait voir en lui. Voir qui il était vraiment et pas celui qu'il prétendait être. Pas l'acteur qui jouait un rôle d'aussi loin qu'il s'en souvienne.

Ils n'avaient passé que quelques mois ensemble et cela avait pourtant été une révélation.

Mais tout cela n'était qu'un mensonge.

Peut-être ne devrait-il pas lui en vouloir pour cela, songea-t-il en regardant par la fenêtre en direction de son palais. Peut-être était-ce sa faute à lui s'il s'était imaginé que ce qui s'était passé entre eux pourrait continuer d'exister une fois que le monde du dehors se rappellerait à eux ?

Mais il faisait fausse route. Comment avait-il pu se laisser aller à rêver ainsi, lui qui s'était toujours targué d'être un réaliste endurci ?

Un seul regard d'elle et il avait tout oublié ?

En tous les cas, il avait oublié son vœu de ne jamais se marier, pour ne jamais avoir à divorcer…

D'ailleurs peut-être devrait-il se rendre au mariage de sa mère, ne serait-ce que pour connaître le nom de son mari avant qu'ils ne se séparent et afin d'essayer d'apprendre la leçon qu'il n'avait jamais voulu apprendre.

Il était bien comme tous les membres de sa famille à l'arbre généalogique tordu et complexe.

Il avait été ridicule de prétendre qu'il n'était pas comme eux.

Il fixait l'horizon, le palais de Mila. Elle était si proche et si lointaine, comme cela avait toujours été le cas. Il soupira, et un gémissement sembla émaner de son âme.

Il lui donnerait ce divorce qu'elle appelait de ses vœux. Il aurait dû le faire depuis longtemps.

Ensuite, il quitterait son charmant royaume pour ne plus jamais revenir. Il était incapable de rester en place, de toute façon. Lui qui n'avait jamais connu la stabilité, c'était ainsi qu'il était fait.

Ralentir, c'était prendre le risque d'être rattrapé par ses démons. C'était ce que disait sa mère lorsqu'elle avait trop bu. Elle lui prédisait de terribles démons, à moins qu'il n'en soit un lui-même...

Il avait cru qu'il était cette créature-là, d'ailleurs. Comment imaginer qu'il pouvait être quelqu'un d'autre que ce qu'en avait fait la comtesse ?

Un beau physique, un sourire dévastateur et le bon sens de ne jamais être là où on l'attendait.

Ce soir-là, il s'habilla avec un soin tout particulier. Partout où il allait, il notait le regard des femmes sur lui, impossible de s'y méprendre, il attirait l'attention. Mais ce soir, plus que n'importe quel autre soir, il resplendissait. Il savait que Mila le remarquerait dès qu'il mettrait un pied au gala.

Et puis ensuite... Au moins aurait-elle de ses nouvelles dans la presse qu'elle le veuille ou non. Cela le réconfortait un peu. Et puis lui aussi pourrait suivre sa vie dans les médias...

C'était plus que ce à quoi avaient accès la majorité des gens en ce bas monde, après tout. Au moins ne l'oublierait-elle jamais complètement.

— Tu as entendu ? demanda une de ses connaissances au gala. Il paraît que la reine a enfin décidé de se chercher un mari ! Tout le monde ne parle que de ça !

— Ah vraiment ?

La femme qui s'adressait à lui ne nota que son air poli, son charme, son sourire à peine intéressé. Et pas la faille infinie qui venait de s'ouvrir sous ses pieds et menaçait de l'engloutir tout entier.

— Tu devrais proposer ta candidature, lança-t-elle en

riant aux éclats et en posant la main sur son bras comme s'ils étaient amis. Ne serait-ce pas irrésistible ? Tu imagines le roi Caius ?

Cela allait poser problème rapidement, se dit-il en posant le regard sur la reine qui entrait alors dans la pièce avec majesté et dignité.

Cela allait être un sacré problème, parce que justement, oui, il pouvait parfaitement imaginer le roi Caius.

5

— Comment se fait-il que tous les hommes du palais me donnent l'impression de me déshabiller du regard ? souffla Mila à sa mère sans se départir de son sourire poli.

— Tu es la reine, qui d'autre pourraient-ils regarder, voyons ?

— Mais ils ne me regardent pas comme leur souveraine bien-aimée, mais comme un morceau de viande sur un stand du marché ! Je suis certaine que tu t'en rends compte, en prime.

À côté d'elle, Alondra avançait, l'air serein, mais teinté d'une légère touche de satisfaction qui ne présageait rien de bon.

— Que Sa Majesté me pardonne, mais je ne sais pas si elle a eu l'occasion de passer beaucoup de temps sur des marchés à arpenter les stands des bouchers !

Mila connaissait trop les usages pour décocher à sa mère le genre de regard qu'elle aurait mérité.

— J'ai vu le vieux Lord Stefano me fixer en se passant ostensiblement la langue sur les lèvres.

Alondra inspira en tournant un regard sévère en direction de Lord Stefano.

— Que c'est grossier !

Elles poursuivirent leur marche au rythme si lent qu'on avait inculqué à Mila depuis qu'elle régnait. Parfois, comme aujourd'hui, chacun de ses muscles lui donnait l'impression de frémir d'impatience. Elle avait besoin d'action, de mouvement... d'énergie !

Elle n'était pas prête à bousculer les codes, pour autant. C'est ce qui aurait pu se passer si, en rentrant des États-Unis, elle avait annoncé lors des funérailles de son père qu'elle s'était mariée avec le très controversé Caius Candriano. Et non seulement il était son mari, mais il était aussi le futur roi de Las Sosegadas !

Non, elle n'était pas prête à lancer ce genre de bombes. Elle ne savait même plus comment elle avait été capable de cette folie. Elle envisageait beaucoup plus raisonnablement de pratiquer un sport, quelque chose qui lui permette de canaliser son énergie. On l'en avait toujours découragée parce que cela ne correspondait pas au statut de reine. Personne ne voulait d'une reine rouge et transpirante, lui avait répondu sa mère d'un ton glacial.

D'ailleurs cela faisait des années que Mila redoutait le moindre effort qui lui aurait valu de transpirer !

Mais, par des jours comme celui-ci, l'idée de frapper de toutes ses forces dans une balle avec une raquette, par exemple, lui semblait une perspective réjouissante. D'autant plus lorsqu'elle pensait à Caius, ce qu'elle tâchait de s'interdire la plupart du temps, mais qui lui échappait bien trop souvent.

C'était la journée portes ouvertes des jardins royaux, aujourd'hui, comme chaque année à la fin de l'été. Mila avait un parcours tout tracé, descendant les marches principales du palais pour rejoindre la promenade dallée qui traversait les jardins où l'attendaient le public et des photographes de presse accrédités pour l'occasion.

À la différence des bals qu'elle ouvrait tout le long de l'année, cette journée n'était pas réservée à la noblesse, ou à quelques invités triés sur le volet, mais bien à tout son peuple. Au terme du parcours imposé, elle était libre de poursuivre sa promenade et d'échanger avec les personnes présentes de façon plus impromptue et naturelle.

Généralement, elle aimait ces manifestations, mais il se passait quelque chose aujourd'hui qui la déstabilisait. Les regards étaient changés.

Et cette sensation ne passait pas.

— Ce n'est pas la première fois que je le remarque, mère, dit Mila, sans cesser de sourire. Cela fait au moins une semaine, que s'est-il passé ?

— Je n'ai rien fait de spécial, Majesté, si ce n'est confirmer tes dires.

Mila faillit éclater de rire.

— C'est justement cela qui m'inquiète !

— N'as-tu pas dit la semaine dernière que tu envisageais finalement de te marier ?

Mila faillit s'étrangler et dut faire bonne figure encore quelques mètres avant d'échapper aux regards pour fixer sa mère.

— Je sais parfaitement que je n'ai jamais dit cela, qu'est-ce que c'est que cette histoire ?

Sa mère sembla ébranlée, mais Alondra était un roc et cela ne dura pas. Elle redressa le menton.

— Tu n'as peut-être pas dit ces mots, je le reconnais, mais nous étions en train de parler de ta sœur et tu disais que tu avais pensé impossible qu'elle décide de fonder une famille, tu t'en souviens ?

— Je disais que la vie était surprenante parfois, oui, reprit Mila à mi-voix. Nous parlions de Carliz, comme tu viens de le rappeler.

— Et ensuite tu avais conclu, et je te cite : « L'erreur c'est de croire que tout est gravé dans le marbre. »

Alondra lui adressa un regard triomphant.

Mila ne la quittait plus du regard.

— J'attends avec impatience de savoir comment tu as interprété cela pour que je finisse par être déshabillée du regard par tous les sujets masculins que je croise. Sincèrement, je ne peux plus attendre !

— Il n'y a jamais eu qu'une seule chose que tu aies déclarée gravée dans le marbre, non ? J'ai donc simplement suggéré à qui de droit qu'il était possible que tu reviennes sur ce principe.

Mila fulmina le reste de la promenade.

Elle dut encore patienter pour les photographies officielles d'usage, avec les jardiniers et architectes, saluer les dignitaires invités pour l'occasion, et dialoguer avec quelques sujets autorisés à l'approcher.

Mais elle changea son parcours habituel qui l'emmenait dans les méandres du jardin à la rencontre des promeneurs.

Aujourd'hui, elle se dirigea vers le labyrinthe.

À la différence de certains labyrinthes fantaisistes qui n'auraient pas demandé d'effort à un jeune enfant, celui du palais de Las Sosegadas était le fruit du travail tourmenté du prince Clemente qui avait ainsi exprimé toute la colère qu'il éprouvait à l'égard de son père en créant ce dédale symbolisant les intrigues de la cour royale.

Le labyrinthe était essentiellement constitué de grands arbres au feuillage persistant qui maintenaient une certaine obscurité tout au long de l'année. Les étroits passages tortueux donnaient presque le tournis et étaient quasi impossibles à repérer depuis le ciel, tout en étant impénétrables au sol. Il se disait qu'il était hanté et qu'il n'y avait aucun moyen d'en gagner le centre.

Mais pour Mila, pourtant, le labyrinthe avait toujours été un refuge.

En raison de sa réputation inquiétante, la plupart des gens l'évitaient, trop de superstitions et d'histoires sombres y étant attachées.

Mila savait qu'elle y serait tranquille car, à part les chemins les plus périphériques, personne n'osait s'y aventurer plus profondément. Sauf qu'elle le connaissait et pouvait en gagner le cœur les yeux fermés. C'est ce qu'elle faisait à cet instant.

Plus elle s'éloignait des voix de la foule, des rires polis, du bruissement des rumeurs, des racontars divers, et apparemment, des spéculations sur son supposé prochain mariage, plus elle se sentait redevenir elle-même.

La Mila qu'elle retrouvait une fois qu'elle avait refermé la porte de sa chambre le soir avant d'aller se coucher.

La Mila qu'elle était sous le regard de Caius quand le monde extérieur disparaissait.

Et plus elle avançait, mieux elle se sentait. Alors elle pressa le pas jusqu'à en avoir le souffle coupé.

Jusqu'à se retrouver en nage.

Comme si elle était une femme, tout simplement. Juste un être humain qui courait dehors par une chaude journée d'été. Elle avait un corps et il était en état de marche. Elle n'était pas seulement une silhouette sur les timbres du royaume. Elle respirait, palpitait, saignait.

Elle pleurait, parfois.

L'espace de quelques mois, il y a bien longtemps, elle s'était autorisée à ressentir tout ce qu'un être humain normalement constitué pouvait ressentir en ce bas monde. Toutes ces sensations incroyables accordées aux mortels, pour chaque centimètre carré de leur peau. Elle s'était moquée de savoir ce à quoi elle ressemblait, s'était moquée de la tête qu'elle faisait.

Elle s'était sentie vivante d'une façon qu'elle n'avait jamais vraiment ressentie.

Elle se mit à courir, en proie à une sorte d'exultation insensée.

Elle arriva alors au cœur du dédale, s'arrêtant enfin dans le refuge aux odeurs végétales, en respirant fort et vite. Comme si son souffle venait du plus profond d'elle et qu'elle se libérait du même coup de tous ses fantômes, de ses peurs éternelles.

Là, au cœur de cette géométrie sacrée, les arbres sombres laissaient place à des massifs fleuris. Il y avait un bassin sur lequel la lumière se reflétait, comme si le prince d'autrefois aux sombres pensées avait créé ce refuge pour ceux qui seraient capables de l'atteindre.

Mila haletait toujours en gagnant le bord du bassin. Elle baissa les yeux vers l'eau, non pas pour y voir son reflet, mais dans l'espoir fou d'y trouver la femme qu'elle n'avait été que quelques mois à l'autre bout du monde.

Peut-être enfin pourrait-elle choisir qui elle voulait être. Ou ne pas être.

— J'ai choisi de rentrer chez moi. J'ai choisi d'être la reine. J'ai choisi ma vie.

Sa robe lui semblait lourde après avoir couru, mais elle s'en moquait, car pour une fois elle se sentait légère. Aérienne.

Les mêmes pensées sombres de toujours revinrent l'assaillir, mais elle les ignora. Ici, à cet instant, elle était capable de les chasser momentanément.

Elle avait aussi choisi d'épouser Caius il y a bien longtemps dans cette cérémonie sur la plage au soleil couchant.

Et elle avait embrassé Caius ici, dans son propre palais, même si elle savait que c'était une mauvaise idée. Elle pouvait prétendre qu'il avait volé ce baiser, comme s'il s'était agi d'un bonbon dans une confiserie, mais elle ne pouvait se mentir, elle savait très bien ce qu'il avait voulu faire et l'avait laissé le faire.

Si elle devait être parfaitement honnête, elle avait même espéré qu'il le fasse.

Mila pouvait bien se faire la leçon quant à ce qu'elle devait à son peuple et quel était son devoir. Mais aujourd'hui, cela ne marchait pas.

Pas ici.

Pas lorsqu'elle échappait aux regards.

Car ici elle redevenait cette jeune femme anonyme qu'elle avait été si peu de temps.

Il s'était agi d'un cadeau de son père, le dernier cadeau avant sa mort.

— C'est trop dangereux, avait-elle dit lorsqu'il lui avait parlé de cela sur son lit de mort. Et si on me kidnappait ? S'il m'arrivait quelque chose ? Ce serait terrible pour toi, pour tout le royaume...

— Tu voyageras avec une seule personne pour ta protection. Une garde qui est formée spécifiquement et jouera le rôle d'une amie à toi. Vous voyagerez ensemble sur des lignes commerciales, vous louerez une voiture et irez manger dans des restaurants normaux. Rien qui puisse laisser penser que tu es la princesse héritière du trône de Las Sosegadas.

Le roi avait tendu sa main vers elle et avait saisi son genou.

— Mon père m'a permis la même chose lorsque j'avais ton âge. Pour lui, on ne pouvait s'engager pleinement si l'on n'avait pas expérimenté sa propre vie, au moins brièvement.

— Mais le risque...

— J'ai confiance en toi, Mila, avait-il dit simplement. Je sais que tu prendras soin du royaume après mon départ, mais je veux que tu prennes aussi soin de toi. Tu as le discernement et la sagesse pour faire cela.

Il avait fait une pause, comme s'il s'attendait à ce qu'elle argumente encore. Mais elle n'avait rien pu ajouter.

— C'est là le plus grand cadeau que je peux te faire, avait-il repris. Une petite fenêtre d'anonymat avant que tu ne deviennes, en quelque sorte, une propriété publique.

Elle avait eu envie de pleurer, mais les larmes avaient refusé de sortir.

Et puis elle avait fini par partir. Ce n'était pas un simple voyage qu'elle avait organisé, mais une véritable mission. Elle s'était révélée dans ce défi. Noemí l'accompagnait et l'aidait à vivre une vie normale, à aller dans les commerces habituels, toutes ces choses qui étaient interdites à une princesse.

Elles avaient quitté le palais en pleine nuit, et Mila se souvenait d'avoir ri en franchissant la frontière. Personne n'aurait pu imaginer qui elle était. Une fois sortie de son royaume dans les montagnes. Son royaume entre la France et l'Espagne.

Pendant deux mois, elles avaient vagabondé partout où elles en avaient envie, découvrant les villes que Mila n'avait pas eu l'occasion d'explorer jusque-là, avant de partir pour cette randonnée sur le chemin de la crête du Pacifique.

Le Pacific Trail.

« Rien d'autre que la nature pour des semaines, difficile de faire plus anonyme que cela », avait sobrement commenté Noemí.

C'était là que Mila avait rencontré Caius, même si elle en avait déjà entendu parler par le passé. Peut-être même s'étaient-ils croisés, mais elle n'en gardait pas de souvenir précis.

Elle avait dû admettre que, sur le moment, elle avait été un peu déçue qu'il ne la reconnaisse pas. À moins qu'elle n'ait trouvé cela un peu excitant.

Sans doute un peu des deux.

Ce n'est qu'ensuite, lorsqu'ils s'étaient confiés, qu'il avait avoué la connaître depuis le début. Il avait eu l'espoir qu'en ne disant rien de cela, ils resteraient anonymes l'un et l'autre.

Ils avaient passé les derniers mois de son périple ensemble, comme deux inséparables.

Au point que Noemí les laissait seuls la plupart du temps, malgré les consignes.

C'était quelque chose qu'elle n'avait jamais vécu par le passé. Elle n'avait pas même songé à en savourer chaque instant, même si elle savait que cela allait s'arrêter. Et que cela lui manquerait.

Pendant des jours, elle avait vécu sans escorte, sans regard protocolaire sur elle. Juste les yeux qu'elle aimait, depuis le matin jusqu'à la nuit.

C'était comme une prière qu'elle ignorait même avoir formulée.

Et il n'y avait qu'ici, en ces lieux calmes et isolés, où personne ne savait qu'elle aimait à se réfugier, qu'elle parvenait à distinguer son véritable visage dans le reflet de l'eau, à en reconnaître les expressions, et qu'elle s'autorisait à se remémorer ces quelques mois.

Se les remémorer réellement, intensément.

Et se remémorer cette personne d'alors, celle qui avait été au plus près de la liberté pour la seule fois de sa courte existence.

Ce n'était pas la liberté qui lui manquait, elle le savait. C'était la façon qu'elle avait eue de se sentir dans sa vie, dans sa peau, même.

Elle-même, entièrement.

Pour la première fois, elle n'était pas assujettie à quelqu'un ou quelque chose.

Elle serra le poing involontairement, comme si elle portait encore la bague qu'il lui avait offerte. Comme si elle ne l'avait pas soigneusement cachée au fond du tiroir de son bureau en se jurant qu'elle n'irait plus jamais la contempler.

En jurant qu'elle la laisserait là pour toujours, confiant aux futures générations le soin de tenter de résoudre ce mystère.

Elle resta longtemps au bord du bassin, le temps que sa respiration s'apaise. Puis elle ajusta sa robe et inspira pour reprendre ses esprits. Voilà, maintenant elle était prête à redevenir la reine. Ce n'est qu'alors qu'elle se retourna, les épaules redressées, et reprit le chemin de la sortie.

Mais, avant qu'elle n'ait regagné la foule et la musique, elle se figea.

Il était là.

Il était juste là, et elle ne pouvait savoir depuis combien de temps.

Caius se tenait tout près de l'entrée du cœur du labyrinthe, il semblait rayonner comme un soleil au travers des ombres. Il était très élégamment habillé, comme toujours, avec des teintes claires parfaitement adaptées à la garden-party. Il portait ses vêtements avec un naturel qui le rendait encore plus élégant.

Il ne dit pas un mot.

Elle ne lui demanda pas s'il l'avait suivie dans le labyrinthe ou s'il avait trouvé son chemin tout seul. Elle le savait capable des deux.

— Je devine que tu as entendu dire que je cherchais un mari, dit-elle en attaquant la première. N'aie crainte, je n'envisage pas de devenir bigame, c'est bien l'exact inverse de ce que je projette de faire.

Caius ne disait rien.

Mila avait passé plus de temps qu'elle ne le reconnaîtrait jamais à penser à cet homme au fil des années. Chaque fois qu'elle tombait sur un reportage photo dans la presse à scandale, il était inévitablement accompagné de quelque top model. Elle s'était toujours demandé ce qui se passerait s'ils se retrouvaient tous les deux. Juste tous les deux. Dans ces moments-là, elle ne pouvait s'empêcher d'imaginer leurs retrouvailles.

Parce qu'elle ne pouvait pas ignorer cette flamme entre

eux, qui toujours entretenait quelques braises pour mieux se raviver en un instant.

Mila savait de quoi il était capable. Elle savait l'effet qu'il avait sur elle.

Il s'avança à sa rencontre sans la quitter des yeux, les mains au fond des poches, ce qui lui donnait un air légèrement provocateur qui venait renforcer ce vague sourire narquois au coin de ses lèvres.

— Alors c'est ici que tu viens te cacher ? s'enquit-il d'une voix basse et grave qui la fit vibrer. Ici que tu es simplement Mila, c'est ça ?

Ses mots la frappèrent en plein cœur et lui coupèrent le souffle.

— Il n'y a pas de Mila, simplement ou pas, dit-elle, même s'il lui en coûtait de prononcer ces mots ici.

Le bassin les reflétait maintenant tous les deux, comme un souvenir d'un autre temps.

Pas un souvenir, un avertissement, songea-t-elle.

— Ah non ? demanda-t-il doucement. Vraiment pas ? Même pas ici ?

— Il y a de moins en moins de Mila chaque jour, répondit-elle posément. Et c'est une bonne chose. Il n'y a pas de place pour qui que ce soit d'autre que la reine Emilia. Le reste n'est que distraction.

— Tu as encore le droit d'être humaine, tu sais, reprit-il avec intensité.

À moins que ce ne soit son regard qui soit devenu intense. Il avait l'air d'un sorcier qui sondait son âme.

— Parce que tu es humaine, Mila. Tous les palais, les couronnes et les robes de princesse au monde ne peuvent rien contre cela.

Ses mots reflétaient tellement ses pensées les plus secrètes qu'elle eut envie de pleurer. Ou de lui jeter quelque chose dessus, car les reines ne pleurent pas. Pas en plein jour. Pas quand il y avait des témoins.

À nouveau elle serra les poings, et il lui fallut résister à l'envie de toucher son annulaire autrefois cerclé d'or. Elle savait bien que l'anneau n'était plus là, même si elle le cherchait encore parfois.

Elle eut l'impression qu'il regardait aussi en direction de sa main gauche.

— Qu'est-ce que tu veux, Caius ? demanda-t-elle. Si c'est quelque chose que je peux te donner, je le ferai, mais nous ne pouvons pas continuer ainsi. Je ne peux pas le permettre. Je ne peux pas te laisser tourner ainsi autour de moi. Cela n'est bon pour personne. Que cela te plaise ou non, je suis la reine, c'est là mon rôle sur cette Terre. Je veux servir mon peuple et ce royaume, je ne peux pas m'occuper d'intime et de rêves. Et encore moins d'aventures déraisonnables que j'aurais pu vivre dans une précédente vie.

— Il s'agissait de cette même vie, Mila, dit-il d'une voix rauque. Je le sais, j'y étais.

Elle fit « non » de la tête.

— Aucun de nous n'y était. C'était un rêve, un beau rêve, je le reconnais sans difficulté, mais cela aurait dû rester juste un rêve.

Elle se dit qu'il allait répondre encore, mais il se baissa et ramassa un caillou au sol et le jeta sur la surface de l'eau d'un mouvement leste.

Ils comptèrent tous deux les ricochets.

Le caillou rebondit cinq fois sur la surface de l'eau avant de sombrer.

Il avala sa salive et se concentra sur le bassin, comme si les rides sur l'eau étaient trop fascinantes.

— J'ai entendu dire qu'après cette journée de festivités, tu prévoyais de te retirer durant le mois de septembre, lança-t-il.

— Oui, en effet, dit Mila en jetant un regard en direction du palais qui s'élevait à quelque distance. On appelle cela la maison de septembre. C'est original, n'est-ce pas ? C'est une maison isolée où ma famille a pris l'habitude de se reposer au calme une fois par an. C'est un lieu de réflexion. Mon père aimait y chasser. Mon grand-père allait y faire du ski de fond.

— Et toi, qu'est-ce que tu vas y faire, Mila ? demanda-t-il gravement.

Elle se mit face à lui. C'était différent lorsqu'il n'y avait pas de témoins et qu'elle était encore sur le choc de leur rencontre imprévue.

En le regardant, elle ne put s'empêcher de rêver d'être quelqu'un d'autre.

Juste pour un moment. Une autre parenthèse volée qui lui permettrait de vivre son désir.

— Pas grand-chose, le moins possible. J'ai une réunion téléphonique officielle par jour, sauf en cas d'événements particuliers, sinon je peux m'occuper comme je l'entends, ce temps m'appartient.

Il eut une façon de la regarder qui semblait vouloir dire qu'il l'écoutait vraiment, qu'elle l'intéressait profondément, comme s'il était toujours celui qu'elle avait considéré comme la seule personne au monde auprès de qui elle se sentait bien, même si cela avait été de courte durée. Mila soupira et reprit :

— Au départ, j'y allais avec ma mère et ma sœur, mais j'ai vite arrêté de les emmener. Je ne voulais plus jouer aucun rôle, là-bas. Pas celui de reine, évidemment, mais pas celui de fille ni de sœur, même si ce dernier était le plus facile des trois. Là-bas, je vaque comme si j'étais n'importe qui. Comme si je n'étais personne, surtout. Je me prépare moi-même à manger, je fais le ménage toute seule. C'est ridicule de trouver ces gestes simples transcendants, à mon âge, n'est-ce pas ?

— Absolument pas, répondit-il d'une voix qui portait trop de souvenirs du Caius qu'elle avait aimé si intensément et follement. J'étais présent la première fois que tu t'es autorisée à être n'importe qui ou personne, et je suis heureux d'apprendre que c'est toujours le cas de temps à autre. Ne serait-ce qu'une fois par an.

Des rires au loin lui rappelèrent que la fête signifiait la fin du mois d'août et que bientôt elle partirait pour sa retraite de septembre.

Mais cette année serait différente car elle emporterait avec elle le désir qui la tenaillait.

— J'ai bien entendu dire que tu envisageais de te marier et cela m'a mis hors de moi, reconnut-il tout à coup.

— Tu veux dire que tu as pris cela comme une provocation à ton encontre ?

— Oui, sans doute que c'était quelque chose de cet ordre, dit-il.

Il avait une façon de la regarder à nulle autre pareille, comme s'il voyait en elle ce qu'elle mettait tant d'énergie à masquer. Lui voyait toujours Mila avant tout le reste. Et puis il y avait en lui cette façon de ne pas se laisser impressionner par son titre. Jamais il ne manifestait la moindre déférence à la reine. Il s'autorisait à effleurer sa peau, à toucher une mèche de ses cheveux, comme si on pouvait la toucher comme ça... Et puis après, il souriait du coin des lèvres, sans doute parce qu'il ressentait aussi la chaleur de ce contact entre eux.

— J'avais dans l'idée de tout mettre en œuvre pour faire capoter ton futur mariage, lança-t-il dans un accès de sincérité inattendu.

Elle ne put s'empêcher de rire malgré elle et cette fois-ci elle n'essaya pas de se cacher.

— Quelle bonne idée ! Laisse-moi deviner, imaginais-tu de faire éclater un énorme scandale qui éclabousse largement autour de lui ou plutôt quelque chose de plus discret à mon encontre ?

Elle entrevit ses dents lorsqu'il sourit, de ce sourire qu'il n'arborait pas si souvent que cela, contrairement à ce que l'on pensait. Il n'était pas un homme à rire, mais plutôt à se délecter de son propre trait, d'un sourire en coin. Il avait de l'esprit plus que l'humour.

Mais il avait aiguisé son esprit à l'extrême et il visait juste.

— Je n'ai pas encore décidé, répondit-il, sans cesser de sourire. Cela dépendait surtout du mensonge que tu allais me servir.

— Alors ?

— Avant d'entendre parler de tes projets maritaux, j'étais tout prêt à accepter le divorce que tu appelais de tes vœux, dit-il en restant tout près d'elle et en saisissant une boucle de ses cheveux entre ses doigts. J'allais te dire que je signerais tous les papiers dont tu avais besoin et que nous pourrions faire comme si rien ne s'était jamais passé.

— Je crois surtout que tu ne sais pas ce que tu veux, Caius, murmura-t-elle.

Il enroula ses doigts autour de la mèche de ses cheveux, et ils soupirèrent de concert.

Mila connaissait cette harmonie entre eux. C'était cette chanson, ce bourdonnement en elle qui se changeait en chaleur brûlante.

Elle la reconnaissait. La façon dont elle lui tordait le ventre, cette façon de l'enflammer progressivement de la tête aux pieds, avant de s'installer durablement dans son ventre. Cette chaleur qui la rendait désirante et pantelante en quelques secondes.

Oh comme elle se rappelait bien cette chanson-là entre eux !

— J'ai toujours su très exactement ce que je voulais, Mila, répondit-il.

— Tu me désires parce que tu sais que tu ne pourras jamais vraiment m'avoir, rétorqua-t-elle sèchement. Et c'est plus facile ainsi, n'est-ce pas ? Tu rejettes toute la faute sur moi sans jamais te demander ce que tu aurais pu faire différemment de ton côté.

Il était piqué au vif, elle le voyait, même si elle se doutait qu'il ne le reconnaîtrait pas.

— Et à quoi bon essayer de changer les choses quand il était clair depuis le début que ma lignée n'était pas acceptable pour une reine ?

— Nous le savions dès le premier jour, en effet. Je suis contrainte à remplir mon devoir, cela n'a rien de plaisant, je te l'assure.

— À quoi bon avoir tout ce pouvoir si c'est pour te rendre malheureuse, Mila ? souffla-t-il.

— Qu'est-ce que je peux faire ? De quelles options est-ce que je dispose ? demanda-t-elle en s'avançant à son tour, si proche qu'elle put placer ses deux paumes sur ses joues et serrer son beau visage entre ses mains. Tout cela n'était qu'un rêve, pourquoi y revenir ainsi sans fin et risquer de le ternir ?

Elle sentit ses mains se poser sur les siennes, mais tout ce qu'elle voyait, c'était son regard sur elle. Son regard de toujours.

Comme si leurs cœurs avaient toujours battu à l'unisson, même à cet instant.

— Alors, qu'as-tu décidé pour m'humilier ? Un scandale public ? Ou alors tu espères me séduire pour créer un effet de surprise avant de dévoiler notre histoire commune ? Ne peux-tu pas simplement me dire au revoir, tourner les talons dignement et nous laisser nous rappeler les bons moments en paix ?

Mila ne savait pas comment elle était parvenue à prononcer ces mots aussi calmement, alors qu'elle se sentait ravagée à l'intérieur, en mille morceaux. Mais ce qu'elle ressentait n'importait pas. Cela n'avait jamais importé. Elle restait et resterait la reine, avec ses responsabilités et les attentes de son peuple.

La préoccupation qu'elle lut sur son visage ne laissait présager rien de bon.

— Je n'aime aucune de ces options, dit-il l'air presque peiné cette fois. Et si j'avais une meilleure idée ?

Un sourire se dessina à nouveau sur son visage et elle

ne put empêcher son cœur de bondir follement dans sa poitrine en entendant les mots de Caius, même si elle n'ignorait pas que cela ne changerait rien, car plus rien ne pouvait changer la donne, maintenant.

6

Mila n'était plus du tout sûre que ce soit une bonne idée, finalement.

Quelques jours après, en quittant le palais pour sa retraite du mois de septembre, elle se disait même qu'elle avait totalement perdu la raison.

Cette fois-ci, elle n'avait même plus l'excuse de sa jeunesse ou la caution paternelle de sa précédente escapade.

Elle n'avait strictement aucune excuse.

— Tu n'as pas à t'inquiéter de mon absence, nous ne sommes plus au temps des messagers à cheval, voyons. Si tu as vraiment besoin de me contacter, il te suffira de m'appeler, lança-t-elle à sa mère en partant.

Lorsqu'elle s'installa enfin dans sa voiture, elle poussa un soupir de soulagement. Elle pouvait d'ores et déjà commencer à compter les minutes de voyage qui la séparaient de ces quelques semaines de liberté à venir. Elle aimait l'esprit de cette tradition. Les seules vacances qu'une reine pouvait s'offrir.

Une fois qu'ils eurent quitté la ville, la voiture s'engagea dans les lacets qui menaient aux lacs. Pour se rendre d'un lac à l'autre, ils traversèrent la vallée principale, ce qui offrait à Mila l'occasion d'une promenade touristique.

Le royaume avait parfois l'air d'être une vraie toile de maître.

Elle s'était toujours dit qu'il était de son devoir de s'assurer que cela reste ainsi.

Lorsqu'ils attaquèrent la remontée vers l'autre versant de la vallée, les premières neiges devinrent visibles dans les hauteurs. L'air était déjà plus frais. Au terme d'une piste devenue étroite et sans marquage, ils arrivèrent à la maison elle-même.

La maison de septembre, comme on l'appelait, était un cottage à l'origine, destiné aux parties de chasse des monarques. Au fil du temps, elle avait été agrandie et modernisée. Les différents bâtiments arboraient des styles variés mais qui semblaient finalement s'harmoniser en un ensemble de belle facture.

Mila pouvait sentir la tension s'échapper progressivement de ses épaules et elle se sentit respirer vraiment aussitôt qu'elle fut sortie de voiture. Elle inspira l'air froid, mordant à cette altitude.

La maison l'attendait, elle avait été préparée pour sa venue. Elle savait que la cuisine avait été remplie de provisions et que deux livraisons de produits frais étaient prévues par semaine.

Mila ressentit aussi la morsure d'une flamme familière au plus profond d'elle-même.

Elle laissa son chauffeur rentrer ses valises comme il était d'usage, puis pénétra dans le hall chaud et accueillant qui sentait la même odeur de toujours, un mélange de cannelle et d'agrumes...

La petite flamme au fond d'elle prenait de l'ampleur en dansant.

La maison avait été prévue pour assurer le plus grand confort dans cette zone reculée du territoire. Une grande bibliothèque ouvrait sur des terrasses, très agréables par beau temps, avec une vue dégagée sur les forêts. Elle aimait marcher de ce côté-là, mais ce n'était pas au programme dans l'immédiat. Elle gagna la cuisine et descendit par l'escalier du fond qui menait aux caves.

Là, il y avait un cellier doté de bouteilles de vin, parmi les plus grands crus qui soient. Elle traversa pourtant les collections de bouteilles sans y jeter un coup d'œil pour gagner un long couloir creusé dans la roche de la montagne, puis un autre en bas d'une volée de marches, dont peu de personnes au monde connaissaient l'existence.

Tout au bout de ce deuxième couloir se trouvait une petite porte qui ressemblait presque à un placard. Mila sortit la clé de la poche de sa longue jupe et ouvrit l'entrée avant d'allumer l'unique lampe qui pendait du plafond et suffisait à peine à éclairer l'escalier en colimaçon qui se déployait devant elle.

Elle descendit prudemment, jusqu'à une nouvelle porte plus solide, en fer forgé cette fois-ci, qu'elle ouvrit avec une deuxième clé.

En poussant la lourde porte, elle souriait.

Elle sourit car il était là, précisément où elle lui avait demandé de l'attendre.

Dans cette semi-pénombre, Caius lui apparut...

Parfait...

Son regard croisa le sien, et la chaleur l'envahit, comme à chaque fois.

Et, comme à chaque fois, elle eut la sensation que s'éveillait en elle une créature fantastique, sorte de dragon étincelant qui s'étirait et envahissait chacun de ses membres un à un, envoyant des sensations dans chacune de ses cellules.

— J'ai l'impression d'être une sorte d'espion en mission, dit-il avec un sourire aux lèvres qui suggérait qu'il aimait assez cette idée.

— Tu détiens maintenant un secret d'État, fais en bon usage, dit-elle.

— Tu sais bien que c'est toujours le cas, répliqua-t-il, amusé.

Ils souriaient tous les deux un peu trop.

Mila se sentait fébrile et impatiente. Et c'était dangereux, elle le savait, car ces émotions étaient toujours mauvaises conseillères.

Ces émotions, c'était lui et c'était elle.

C'était parce qu'il avait proposé de la rejoindre ici et qu'elle avait aussitôt essayé de voir comment c'était possible.

Et il était là.

Impatience était un faible mot.

Elle s'efforça de masquer ce qu'elle ressentait en lui faisant signe de la rejoindre, comme si de rien n'était.

Il s'exécuta, avec sa nonchalance habituelle, balançant son sac sur son épaule.

Voilà qu'ils étaient tous les deux en bas de l'escalier devant une porte verrouillée qu'elle avait du mal à ouvrir avec ses mains tremblantes.

Dans la semi-pénombre.

Elle se racla la gorge.

— Ces tunnels ont été creusés il y a très longtemps, dit-elle d'une voix qui évoquait une guide touristique. Ils ont été d'un grand secours lors d'émeutes ou de conflits, comme tu peux l'imaginer.

Lorsqu'elle se tut, elle se demanda s'il ne risquait pas d'entendre son cœur tambouriner si fort dans sa poitrine. Elle n'arrivait pas à ouvrir le verrou, et Caius était proche, si proche.

Tout à coup, la porte s'ouvrit et elle s'élança dans l'escalier qu'elle gravit quatre à quatre.

Elle se répétait mentalement qu'elle était ridicule, qu'elle devait au moins ralentir mais en était incapable.

Elle voulait regarder derrière elle, mais n'osait pas, comme si elle était poursuivie par quelque créature mythologique.

Remontée dans la maison principale, elle se sentit envahie par une étrange sensation. Il lui fallut un moment pour l'identifier. Elle se sentait… déplacée. Comme si elle n'était pas là où elle devrait se trouver et ne savait plus quoi faire d'elle-même.

Lorsqu'elle identifia cette sensation, elle faillit éclater de rire, car elle ne se rappelait pas avoir ressenti cela depuis très, très longtemps.

La dernière fois, c'était lorsqu'elle s'était lancée dans cette aventure qui allait la mener à lui.

— Bon, dit-elle d'une voix sèche en l'entendant derrière elle, je ne sais pas quelles étaient tes intentions en suggérant de me rejoindre ici, mais…

— Bien sûr que si, tu les connais parfaitement, répliqua-t-il aussitôt.

Elle fit quelques pas pour rejoindre le séjour, une pièce chaleureuse avec une grande cheminée, des fauteuils en cuir et des boiseries.

Il déposa son sac sur l'un des canapés, puis se tourna vers elle.

À nouveau, la chaleur. Un éclair aveuglant, brûlant. Le désir.

Ce dragon en elle qui déployait ses ailes dans toute leur splendeur.

— On ne peut pas juste sauter dans le vide ainsi..., commença-t-elle, comme si elle cherchait désespérément à se raccrocher à la raison.

— Si, on peut, dit-il le regard brillant. Lance-toi, Mila. Voyons si nous arrivons à rouvrir grandes nos ailes, comme autrefois.

Caius la prit dans ses bras et la serra si fort que ses pieds ne touchaient plus terre.

L'esprit de Mila se vida de toute pensée et les sensations prirent toute la place, même si sa bouche semblait essayer encore de former des mots. Comme s'il y avait un argument qui restait coincé dans sa gorge.

Mais son corps, lui, savait exactement quoi faire.

Elle l'enlaça et entoura son bassin de ses jambes tandis qu'il la soulevait de terre. À cet instant, elle ne sut pas dire qui embrassait qui.

C'était si bon.

C'était terrible.

C'était comme une éruption de tout ce qu'elle avait tâché de faire taire et d'enfermer en elle, et qui était resté tapi tout ce temps à attendre cet instant.

Car ce baiser était différent de celui sur le balcon, lorsque n'importe qui aurait pu surgir et les surprendre.

Ils savaient tous les deux qu'ici personne ne viendrait les interrompre.

Pour la première fois depuis leurs retrouvailles houleuses, ils étaient bel et bien seuls tous les deux.

Tout seuls avec le feu ardent et le dragon.

Et la joie folle de ce moment impossible.

Elle plongea les mains dans ses cheveux et se retrouva à se balancer contre lui.

Elle ne pouvait s'arrêter.

Pour le meilleur.

Et pour le pire.

Il n'attendit pas un instant de plus. Il bascula avec Mila sur le canapé voisin, et ils s'abandonnèrent à leur étreinte. Mila avait l'impression d'éclore sous les mains de Caius, qui parcouraient son corps et venaient se glisser sous sa jupe, remonter le long de ses cuisses, tandis que leurs langues se goûtaient et dansaient voluptueusement. Les doigts de Caius se frayèrent un chemin entre ses jambes pour se glisser au cœur de son intimité.

Elle en avait rêvé pendant des années et voilà que cela se produisait.

Ils ne dirent mot ni l'un ni l'autre. Parce que c'était là le même incendie de toujours. Celui que la réunion de leurs deux corps produisait à chaque fois. Sauf que là, cela semblait encore plus irrépressible que dans son souvenir.

Plus intense. Plus impérieux.

Plus dangereux, parvint-elle à se formuler, sans que cela suffise à l'arrêter.

Elle glissa les mains sous sa chemise, pour trouver sa peau et sentir ses muscles. Elle s'agrippait à lui puis plongeait ses ongles dans sa chair selon les caresses qu'il lui prodiguait de ses mains expertes.

Caius savait toujours très bien ce qu'il faisait.

Lorsqu'elle se mit à respirer plus fort, il se hissa sur elle, libérant une main pour ouvrir son pantalon avant de se glisser en elle d'un seul mouvement. Enfin, ils se retrouvaient totalement.

Et elle ne tarda pas à perdre pied, les sensations l'emportant jusqu'au sommet de la falaise, où elle retrouva ses ailes avec un bonheur indicible, riant et frémissant de la tête aux pieds.

L'espace d'un instant, il n'y avait plus rien au monde, juste eux.

La pure, l'impossible ferveur de l'instant.

Elle était comblée, entière.

Cela faisait si longtemps.

Ils étaient réunis, leurs regards joints, leurs corps soudés. Elle s'enroula encore davantage autour de lui, incapable de le lâcher, et elle le sentit frémir à son tour entre ses bras.

Ce frisson les réunissait dans le plaisir de cet instant où il était difficile de dire où commençait le corps de l'un et où finissait celui de l'autre.

Il ne bougeait plus, mais elle le sentait toujours aussi fermement et profondément dans son corps. Elle tremblait, comme si la vie revenait en elle. Elle tremblait et il semblait trembler aussi en retour.

Lorsqu'elle rouvrit lentement les yeux, elle trouva son regard.

— Je veux te voir, dit-elle doucement. Je veux voir ton corps, Caius.

Mila songea fugacement à sa sœur qui lui avait conseillé de prendre une contraception sans en aviser leur mère alors qu'elle était encore adolescente. Elle avait alors bafouillé qu'elle n'en avait pas vraiment besoin, mais Carliz lui avait répondu que personne, sauf elle, n'avait jamais à savoir si elle en avait besoin ou pas.

Caius soupira, son front reposant sur le sien. Puis il inspira profondément, comme s'il réunissait ses forces.

Alors il se retira d'elle, et elle se sentit désemparée en un instant. Elle eut presque envie de pleurer.

Il se redressa et retira sa chemise, et une petite chaîne qu'il avait autour du cou. Il déposa le tout sur son sac à côté, avant d'enlever le reste de ses vêtements. Mila fit de même et, lorsqu'il la rejoignit et posa les yeux sur son corps dénudé, il soupira de plaisir avant de s'allonger à nouveau contre elle sur le canapé.

Elle s'attendit à ce qu'il dise quelque chose, alors, mais il n'avait plus son petit sourire au coin des lèvres. Ses yeux étaient si intenses, et elle n'arrivait pas à s'en détacher une seule seconde.

Puis subitement quelque chose changea et tout lui sembla magique, presque sacré.

Caius passa la main sur son visage, délicatement, posant doucement son pouce sur ses lèvres pour les effleurer d'un geste sensuel.

Puis il s'allongea le long de son corps et bascula sur le dos en l'attirant sur lui. Elle s'exécuta, glissant ses genoux de part et d'autre de son corps.

Il plaça les mains sur ses hanches, pour la guider et l'encourager à le chevaucher et tous les deux retinrent leur souffle au même instant, tandis qu'elle prenait appui sur son torse avant de faire glisser toute la longueur de son membre en elle.

Il poussa un soupir rauque, et Mila gémit doucement de cette sensation inouïe. Elle redressa alors la tête, se cambra sur lui et s'abandonna au rythme qu'ils avaient appris ensemble cinq ans plus tôt.

C'était la même danse, et pourtant, on aurait dit une nouvelle.

Ils étaient les mêmes personnes, mais les cinq années écoulées avaient tout changé. Tout et rien, à la fois. Car ils se trouvaient quelque part entre ce tout et ce rien.

La façon dont elle se balançait contre lui, comme aveuglée par l'envie et le plaisir, comme si elle surfait sur la vague de cette chaleur qu'ils créaient ensemble, sa douceur à elle et sa vigueur à lui, la façon dont ils s'unissaient ainsi à la perfection, c'était à la fois nouveau et déjà là.

Comme c'était le cas il y a cinq ans, il sentait le moment où elle s'apprêtait à prendre son envol, cet instant où le feu s'apprêtait à tout embraser, et il la rejoignait, là, juste au bord du précipice.

— Je suis là, ma reine, déclara-t-il en caressant ses cheveux.

Elle rit et rejeta ses mèches folles en arrière, et le rythme se fit plus intense, plus fou. Elle chercha son regard et le soutint, puis elle glissa une main entre eux et la plaça en ce point précis qui réclamait le soulagement de son désir brûlant.

Ils étaient au bord du vide.

Mais comme il était avec elle, elle sauta.

Il n'y avait plus rien que le vol lui-même, parmi les éclats d'un feu d'artifice insensé tout autour d'eux.

Elle se laissa planer jusqu'à redescendre sur terre et se retrouva enfin là où elle avait envie d'être : le visage enfoui dans son cou.

C'était comme un retour aux sources après une longue absence.

Comme rentrer chez soi.

Avait-elle prononcé cette phrase ou l'avait-elle juste pensée ?

Peu importait à cet instant.

Elle s'abandonna au sommeil, un sommeil qu'elle n'avait plus connu depuis ce jour où Noemí était entrée dans sa chambre et avait salué la nouvelle reine d'une révérence. Elle dormit comme jamais depuis qu'elle était reine, parce qu'elle savait que les bras de Caius autour d'elle la protégeraient de n'importe quoi. Elle savait qu'elle pouvait lui faire confiance pour prendre soin d'elle.

Et tout en sombrant, encore aux limites entre veille et sommeil, elle se dit qu'il était dangereux de songer cela. C'était ce qui l'avait amenée à l'épouser à l'époque et avait engendré tous ses tourments.

Pourtant, à cet instant, il n'y avait plus trace d'aucun tourment.

Lorsqu'elle s'éveilla, elle eut l'impression qu'une éternité s'était écoulée. Il s'était détaché d'elle, avait désenchevêtré leurs membres, mais était resté là, allongé contre elle sur le canapé, et fixait le plafond. Elle essaya de faire le point sur la situation, sur ce qu'elle ressentait, les sensations éteintes semblaient pourtant encore présentes sous sa peau, comme des courants sous-marins latents. Elle savait qu'il y avait toutes ces choses importantes dont elle devrait s'inquiéter, mais elle était en retraite dans sa maison de septembre et, sauf problème urgent, elle n'avait rien à gérer d'autre qu'elle pour le moment.

C'était là tout le principe de ces quelques semaines volées au royaume.

Elle se redressa sur ses avant-bras, le menton sur les mains et observa son beau visage.

— Voilà, dit-elle.

Elle devina un sourire qui hésitait à se dessiner sur ses lèvres et venait faire briller ses yeux couleur d'ambre sombre.

— Voilà, répéta-t-il.

Elle avait tant de questions à lui poser, mais ces questions étaient si lourdes de sens qu'elle craignait de briser aussitôt l'instant fait de verre qui s'étirait encore entre eux. Comme si ses questions risquaient de le faire éclater en mille éclats aiguisés qu'elle ne pourrait jamais réunir et encore moins recoller.

Elle avait plutôt envie de modeler cet instant en globes de verre multicolores aux formes changeantes. En faire quelque chose de différent, cette fois.

À moins qu'elle ne refuse tout bonnement de voir la vérité en face.

Mais elle acceptait aussi cette hypothèse.

— Où est-ce que tu as été, après la Californie ? demanda-t-elle.

C'était déjà une prise de risque. Elle le savait avant même qu'il ne tourne vers elle un regard qui semblait signifier « Tu veux vraiment le savoir ? »

Elle soutint ce regard.

Caius allait-il faire éclater leur instant de verre dès à présent ?

— J'avais besoin d'un projet, dit-il. Besoin de m'oublier dans quelque chose.

Il n'avait rien brisé et elle eut la bienveillance de ne pas lui demander ce qu'il voulait dire par là, car, pour être honnête, elle devait reconnaître que c'était à peu près ce qu'elle aussi avait fait. Elle était devenue reine, avait pleuré son père et organisé son couronnement. Elle s'était oubliée en se transformant en monarque.

Elle s'était interdit de prendre le temps de se demander ce qui aurait pu se passer.

Et, malgré tout ce qu'elle avait eu à penser, elle avait eu tant de mal à traverser cette période qu'elle était parfois surprise d'y avoir survécu. C'était une époque qu'elle n'aimait pas se rappeler.

— J'ai lancé une société de production, dit-il d'un ton presque désabusé. Je voulais sortir de ce modèle des sociétés hollywoodiennes gérées par les ego démesurés des producteurs, même si je dispose d'un certain ego moi-même !

Elle se remémora cet instant, près de la cheminée où brûlait un grand feu après leur longue marche, où il lui avait parlé de son enfance, de ses parents toujours absents et du refuge qu'il avait trouvé dans le cinéma. Il s'était appuyé sur les personnages de films plutôt que sur ses proches pour avancer.

— C'est une sage idée, souligna-t-elle doucement. La vanité est un miroir aux alouettes. Seule la confiance permet d'avancer.

— C'est cela.

Elle avait oublié la façon qu'il avait de toujours glisser ses mains dans ses cheveux pour laisser ses doigts parcourir la longueur de ses mèches soyeuses.

— Et alors ?

— La société existe encore. Elle est modeste, mais nous avons aujourd'hui un petit catalogue dont je ne suis pas mécontent.

Il eut à nouveau ce petit rire désabusé qu'elle ne lui

connaissait pas, comme s'il se moquait de lui-même et l'encourageait à faire de même.

Elle ne le fit pourtant pas. Elle l'observa plus attentivement encore.

— Tu es fier de ce que tu as bâti, et tu peux l'être. Ce n'est pas rien de concrétiser un rêve, Caius.

Il baissa les yeux.

— Ce n'est pas grand-chose pour autant, d'autant plus avec le genre de réseaux dont je dispose.

— N'aie crainte, dit-elle dans un sourire. Je ne dirai à personne qu'au fond de lui le célèbre Caius Candriano est aussi investi dans son travail.

Elle eut un moment d'étourdissement, lorsqu'il se redressa pour s'asseoir et qu'elle prit conscience du même coup de leur présence à tous les deux, dénudés et échevelés, dans ce canapé. Elle dut se répéter qu'elle n'avait pas à craindre d'être surprise.

Pas à se demander ce qu'elle expliquerait ou justifierait si quelqu'un entrait.

— C'est là ce que j'essaye d'oublier, dit-il d'une voix grave. Je n'ai pas besoin que tu me comprennes, Mila, surtout si cette compréhension ne mène nulle part au bout du compte.

Il enfouit son visage dans ses mains et se frotta le visage avant de repousser ses cheveux en arrière. Puis il rit, d'un rire froid et dur.

— J'ai fait ces films pour toi, tu devais t'en douter, non ? Je les ai tous faits pour toi. Des histoires d'amour, bien sûr, comme autant de lettres que je n'osais pas t'envoyer au palais, expliqua-t-il en tournant enfin son regard vers elle à nouveau.

Lorsqu'elle ne répondit pas, il la fixa intensément et elle fit « non » de la tête, doucement.

— Je ne savais pas, répondit-elle. Je ne regarde que très peu de films, je ne vais jamais au cinéma et j'ai tendance à préférer les livres.

Il la scruta, l'air incrédule, et elle se demanda s'il allait se mettre en colère. Elle avait vu ses coups d'éclat par le passé, toujours subits et intenses et presque immédiatement suivis de regrets. Comme si la pression s'échappait parfois parce qu'il ne pouvait plus la contenir, avant qu'il ne regrette d'avoir échoué à la contrôler.

Et puis l'instant d'après elle entrevit une autre version de lui.

Cela commença par une ombre triste sur sa bouche sensuelle et une dureté de son regard.

— Cela ne m'étonne pas vraiment, à vrai dire. C'était tellement prévisible. Je suis un moulin à vent alors que tu te moques bien du vent et des moulins ou des chevaliers de bas étage.

Elle se pencha vers lui pour prendre son visage entre ses mains et pressa ses lèvres sur son front, puis sur chacune de ses paupières, avant d'embrasser tout son visage, des tempes aux joues, du menton jusqu'au coin de ses lèvres où se dessinait toujours son sourire sombre. Elle l'embrassa encore et encore jusqu'à sentir la tension s'apaiser dans tout le corps de Caius.

Lorsqu'elle s'écarta, elle sentit quelque chose de doux entre eux, quelque chose de nouveau.

— Ce que je peux t'offrir, dit-elle solennellement, c'est le mois de septembre, ici. C'est tout ce que j'ai. Est-ce que tu en veux ?

Elle sentit qu'il allait accepter, car ils étaient ensemble à nouveau. Elle sentit qu'il n'allait pas exploser ou s'enfermer, pas aujourd'hui.

Car ils ne seraient rien en dehors de ces quelques jours dans la maison de septembre.

Peut-être avait-elle espéré qu'il finirait par l'admettre, lui aussi.

— Oui, je le veux, répondit-il en un étrange écho à leurs vœux maritaux. Mais Mila, je dois te prévenir que je ne m'en contenterai pas.

Elle choisit alors de ne pas le prendre au mot. Elle eut un sourire malicieux puis elle l'embrassa, glissant sa langue dans sa bouche.

Pour repartir à la chasse au dragon avec lui une fois encore.

— Je relève le défi, souffla-t-elle en l'enlaçant pour qu'ils reprennent ensemble leur envol.

7

Le mois de septembre s'écoula comme un rêve, le genre de rêve dont Caius s'était généralement réveillé fou de désir, agité et surtout solitaire, sans Mila à ses côtés, plus de fois qu'il ne pouvait se le rappeler au cours des cinq dernières années.

À cette altitude, l'automne faisait déjà son apparition. Les matinées étaient fraîches, même si les journées se réchauffaient vite avec des après-midi au ciel d'un bleu impertinent. Mais les nuits tombaient chaque jour un peu plus tôt et se révélaient bien fraîches elles aussi. Les arbres arboraient leurs vives couleurs, comme s'ils cherchaient à retenir les teintes chaudes de l'été déjà loin derrière. Caius connaissait cette sensation de s'agripper à un souvenir qu'on refuse de voir s'évanouir.

Ces journées de septembre étaient comme un rêve, mais il ne pouvait pas se leurrer cette fois-ci. Car il savait très bien comment les choses se finiraient entre eux. Inutile de se bercer d'illusions comme il en avait fait l'amère expérience la dernière fois.

Ce qu'il ne parvenait à comprendre c'était la raison pour laquelle, en sachant très bien ce qui se dessinait pour eux, il n'essayait pas le moins du monde de changer la donne pour autant.

— Je craignais que tu ne mijotes un plan de vengeance contre moi, reconnut Mila un soir, tandis qu'ils se préparaient leur dîner en cuisine.

Ils avaient pris l'habitude de cuisiner en musique, luttant par la lumière, la chaleur et le rythme contre la pénombre crépusculaire qui s'imposait à l'extérieur. C'était sans doute une façon de maintenir tout le monde extérieur à bonne distance…

C'était le genre de sortilège que Caius aurait aimé connaître lorsqu'il était enfant, lui qui vivait reclus de longues semaines dans des chambres d'hôtel solitaires et qui aurait tant rêvé de ce genre de vie. Il avait aussi rêvé de devenir un adulte capable de mener ce genre de vie. Cette aisance et cette douceur plutôt que les coups de folie imprévisibles de sa mère.

Ici, hors du temps et du monde, il était facile de prétendre qu'ils étaient d'autres personnes qu'eux-mêmes. Des gens qui ne jouaient pas un drôle de petit jeu ensemble, un jeu de dupes. Deux personnes qui ne se livraient pas à une guerre d'influence sous des airs de famille modèle, comme c'était le cas avec sa mère.

Ici, dans la maison de septembre, ils ne faisaient rien de tout cela. Ici, ils étaient des personnes entièrement différentes. Deux personnes qui préparaient leurs repas et mettaient la table ensemble parce qu'ils appréciaient leur compagnie et étaient prêts à se régaler. Deux personnes capables de parler du temps qu'il faisait non pas parce qu'ils n'avaient rien d'autre à se dire, mais parce que la plus innocente des conversations était un lien entre eux presque aussi fort que les liens charnels.

Comme si tout cela n'était qu'une seule et même chose, une seule et même rencontre.

Mila ne savait pas cuisiner, au sens traditionnel du terme, mais elle était adroite et avait une grande intuition qui lui permettait d'assembler des ingrédients avec goût. Il découvrit qu'elle était une grande amatrice de plats roboratifs comme des soupes complètes ou des ragoûts, accompagnés de pain tout juste sorti du four sur lequel elle tartinait une généreuse couche de beurre.

Caius ne se débrouillait pas si mal de son côté. Il fallait dire qu'il avait développé une immense détestation des repas livrés à domicile lorsqu'il était enfant et avait appris à cuisiner dès qu'il en avait été capable.

C'était sous ces auspices qu'ils s'étaient tous les deux laissés glisser dans ce long rêve de septembre aux couleurs d'un bonheur domestique, pour lequel ni l'un ni l'autre n'était le moins du monde prédestiné, et encore moins l'un avec l'autre !

Ils cuisinaient ensemble, mangeaient tranquillement en refaisant le monde et abordant tous les sujets possibles et imaginables. Ils se disputaient parfois de façon virulente, au sujet des livres qu'ils avaient lus tous les deux. Ils évitaient les informations et riaient en se racontant leurs mésaventures personnelles. Ils marchaient des heures durant tout autour de la demeure, profitant du bon air pur des montagnes. Ils refirent même quelques treks plus sportifs pour se remémorer le bon vieux temps de leur rencontre cinq années en arrière, en Californie.

Et puis, surtout, ils jouirent l'un de l'autre en toute

occasion, comme s'ils ne pouvaient jamais se rassasier de leurs corps.

Sans doute était-ce parce qu'ils savaient que l'inévitable arriverait. Ils savaient l'un et l'autre qu'ils n'avaient pas d'avenir. Caius ressentait l'urgence de faire de chaque instant de ce mois hors du temps un souvenir assez mémorable pour qu'il leur dure une vie entière.

Il prenait cette mission très au sérieux.

La sensualité avait ainsi pris le dessus entre eux, et ils faisaient feu de tout bois. La vieille demeure offrait une multitude d'opportunités, il fallait dire, et tant de pièces à visiter. Depuis les nombreuses chambres, jusqu'à la salle de bains aménagée sous la forme d'un véritable spa, avec un bassin, des douches, des baignoires, et, sa préférée entre toutes, la douche solaire extérieure qui leur permettait de se retrouver sous la voûte étoilée.

Et pourtant, malgré tout cela, elle avait eu besoin de savoir s'il n'était pas en train de fomenter un sale coup, une vengeance.

— Tu me vois vraiment comme une âme sombre, n'est-ce pas ?

Elle était aux fourneaux, occupée à faire rissoler un ragoût d'agneau qui embaumait déjà dans toute la cuisine. Elle s'arrêta, se tourna vers lui, l'air surpris, les vapeurs des casseroles lui rougissant les joues.

Mila était toujours d'une grande beauté. Cela n'était absolument pas discutable. La reine Emilia était réputée pour la grâce de ses traits, symbole de l'élégance moderne. On commentait chacune de ses tenues, qui était photographiée sous tous les angles, et décrite en termes de sophistication et de raffinement, comme si elle se dépassait à chaque sortie afin de redéfinir le chic contemporain et les canons d'élégance.

Mais elle avait aussi ce don de le sidérer par sa beauté à tout instant, de façon absolument fortuite, sans tenue soignée, ni maquillage apparent, et surtout sans la moindre audience à épater. Elle lui coupait le souffle au quotidien. Il était ébloui. Ce jour, elle avait rapidement tressé ses cheveux et réuni les deux nattes en un chignon sommaire à l'arrière de son crâne. Il l'avait vue se coiffer machinalement tout en lui parlant. Elle portait un legging de sport, enfilé à la va-vite avant d'aller marcher dans les montagnes avec lui et un pull extra-large en laine naturelle, et pourtant elle ne ressemblait en rien à un bûcheron égaré mais gardait une apparence royale.

Elle avait cela en elle.

— Une âme sombre ? répéta-t-elle, surprise du choix des mots, en faisant « non » de la tête. Mais absolument pas, pourquoi ?

— Bien sûr que si.

Il était en train de trancher le pain qu'ils avaient fait cuire durant l'après-midi. Il posa son couteau et mit ses deux paumes sur le plan de travail au centre de la cuisine.

— Bien sûr que si, Mila, reprit-il. Mais moi qui ai mis tant d'énergie à être sous-estimé par tout le monde partout où je passe, je devrais être heureux d'avoir réussi mon coup après tout, non ?

Elle l'observa attentivement de ses grands yeux gris inquiets.

— Pourtant, tu n'as pas vraiment l'air heureux, mais bien en colère, je me trompe ?

— Ce n'est pas ça, dit-il en faisant de son mieux pour

garder son calme. Je crois juste que je suis en train de regarder tout ce qui s'est passé entre nous jusqu'à ce jour d'un nouvel œil.

Ils avaient tourné autour de cela depuis leur arrivée ici. Il avait usé de tous les détours et stratagèmes en sa possession pour essayer d'en savoir plus sans lui poser frontalement la question, mais là, c'était trop tard. Cependant, contrairement à d'autres fois, elle n'avait pas croisé les bras et redressé ses épaules pour adopter son air régalien qui lui intimait le silence, pour lui laisser comprendre que la reine était dans la pièce.

Elle attendait, elle l'observait comme si elle ignorait tout de ce qu'il allait dire.

Il apprécia cela.

Pourtant il ne dit rien de plus. Et le silence s'étira entre eux. Elle finit par inspirer.

— Est-ce que tu vas dire quelque chose ? demanda-t-elle finalement.

— Il n'y a rien à dire. J'ai tout dit, conclut-il dans un haussement d'épaules.

— C'est encourageant.

Caius inspira à son tour, profondément, et retourna son attention vers le pain en haussant à nouveau les épaules avec dédain.

— Ma mère se marie.

Il sentit le désarroi de Mila face à son changement soudain de sujet mais, lorsqu'il releva les yeux vers elle, elle avait retourné son attention vers le faitout devant elle, comme pour éviter son regard.

— Je ne sais pas si je dois te présenter mes félicitations ou mes condoléances...

— Elle insiste pour que je vienne. Et ma sœur, elle aussi n'arrête pas…

— Lavinia ?

Il hocha la tête, surpris qu'elle se souvienne du prénom de sa sœur.

— Oui, Lavinia, elle n'arrête pas de m'appeler pour me dire combien c'est important pour notre mère, qu'elle serait dévastée si je ne venais pas.

— Et qu'envisages-tu de faire ?

Caius saisit le couteau.

— Ce n'est pas comme si ma mère comptait réellement sur mon soutien, ou avait le plaisir de réunir sa famille autour d'elle. Ce n'est pas son genre. Je ne sais même pas si elle est vraiment capable de sentiments, à vrai dire. Elle veut que je vienne pour sauvegarder les apparences, et parce que j'ai une petite notoriété, maintenant. Elle veut s'assurer la présence des journalistes et des paparazzis, qui ont fini par se désintéresser de ses frasques conjugales… Mais ma mère ne se sent jamais aussi vivante que lorsqu'elle apparaît dans la presse et qu'elle fait la une des tabloïds.

— Je pensais que tu aimais cela toi aussi, lança Mila en lui jetant un regard par-dessus son épaule, un regard plein d'empathie et pas d'accusation, contrairement à ce qu'il aurait attendu. Tu disais souvent combien tu étais doué à te changer en ce que les gens attendaient de toi, et d'ailleurs je crois que j'ai essayé de faire cela lorsque j'ai dû devenir reine du jour au lendemain. Tu m'avais dit un jour que ce que tu avais appris de plus important dans ta vie était à te changer en miroir pour tes interlocuteurs. Tu vois, je n'ai pas oublié…

Elle déposa sa spatule et vint se placer en face de lui. Il

n'aimait pas le poids de sa considération, de son empathie à son égard, qu'il lisait dans ses yeux. Et pourtant, il était stupéfait de ce qu'elle lui disait entre les lignes. Elle n'avait pas tiré un trait sur tout ce qu'ils avaient vécu, elle ne l'avait pas oublié, elle avait retenu jusqu'à leurs moindres échanges, mot pour mot.

Ces semaines volées en Californie avaient compté pour elle.

— Je n'avais jamais imaginé que ce que je prenais pour un super pouvoir à l'époque était le résultat des maltraitances et des négligences de mes parents, dit-il avant de balayer ces souvenirs d'un hochement de tête. Mais je n'ai jamais pris la peine de te demander ce que tu vivais, toi, combien cela avait dû être dur de t'emparer de cette nouvelle vie sans avoir eu le temps de te préparer.

Il se souvenait de cette journée avec la précision des souvenirs des drames ou des accidents qui vous marquent à tout jamais. Il était parti prendre une douche en homme marié, bien qu'il n'ait rien ignoré des complications qui les attendaient en raison du statut de chacun d'entre eux, mais avec une certaine sérénité quant à la profondeur et la force de leurs liens.

Et il était sorti de la salle de bains pour rencontrer la reine Emilia.

— Il faut que tu te prépares pour la cérémonie, avait-elle annoncé d'une voix étouffée par l'émotion. Il faut réfléchir à la façon dont tu apparaîtras, tu ne seras pas seul, mon père a tout organisé.

Évidemment, elle n'avait rien évoqué de ce qu'elle ressentait, ce n'était déjà plus le propos, la grande machine protocolaire se mettait en marche… Et, même si elle avait porté inconsciemment la main à son cœur en un geste qui l'avait bouleversé, elle était déjà projetée sur le devant de la scène.

— Il était plus simple pour toi de t'occuper de tes nouvelles responsabilités que de porter le deuil de ton père, reconnut-il doucement.

— Je ne sais pas si j'ai jamais pris le temps de pleurer mon père, avoua-t-elle en baissant les yeux. Je n'ai pensé qu'à mon devoir.

— Et un jour, si tu fais bien ton devoir, justement, ce sera au tour de ton enfant de faire de même, souligna-t-il en soupirant.

Elle eut un sourire triste, comme si elle encaissait le coup de sa remarque.

— Je crains que ce ne soit pas un privilège des rois ou des reines, hélas, nous devons tous un jour ou l'autre porter le deuil de nos parents, si nous sommes chanceux.

— Parce que tu considères que c'est une chance ? interrogea-t-il.

— L'autre possibilité étant que ce soit eux qui nous pleurent, répondit-elle posément.

— Mila, coupa-t-il d'une voix grave. Mila, pourquoi m'as-tu quitté ?

— Tu connais la réponse, Caius. C'est de cela même que nous sommes en train de parler.

— Ce n'est pas ce que je veux dire, tu le sais parfaitement, Mila.

Il songea qu'elle se défausserait aussitôt et adopterait une posture de déni, mais ce ne fut pas le cas. Elle détourna le regard vers la fenêtre, fixant la nuit noire qui semblait prête à avaler la maison tout entière. Il y avait une douceur inhabituelle dans ses traits.

Caius réalisa qu'il n'avait jamais pensé à Mila comme à une personne fragile. Elle était si douée pour jouer le rôle autoritaire et régalien qui était le sien. Si douée pour jouer les icônes qu'on doutait presque qu'elle soit humaine, dans le fond.

— Tu veux dire mis à part le fait que ta présence dans tous les journaux à scandale du monde aurait valu des attaques cardiaques à tous les attachés de presse du palais ?

— Car nous savons bien que les tabloïds sont le dernier bastion de la vérité, répliqua-t-il.

Il ne pouvait s'empêcher de verser dans le sarcasme, c'était sa marque de fabrique...

Mila soutint son regard.

— La vérité importe peu dans ce cas-là, tu le sais bien. Le problème c'est la fréquence de tes apparitions et les relations douteuses que tu as entretenues au fil du temps. Je ne suis pas en train de les juger, mais c'est une explication et peut-être aussi une excuse.

— Peut-être ?

— Le problème c'est tout ça ! fit-elle avec un geste de la main entre eux.

Il fixa sa main et eut un flash de cette même main qui tenait fermement son sexe tendu ce matin même, sous la douche. Sa main qui l'avait empoigné avant que Mila s'agenouille devant lui. Et le regard déterminé qu'elle lui avait lancé alors...

— Cette... Intensité. Comment est-ce que je peux gérer cette intensité dans ma vie, Caius ? Je n'arrive pas même à penser correctement en ta présence, et encore moins gouverner...

Il se redressa en entendant ses mots, comme si son aveu lui faisait du bien.

— Tu sais ce que je me suis souvent dit ? demanda-t-elle sans lui laisser le temps de répondre. Que si je ne t'avais pas quitté, c'est toi qui l'aurais fait. Tu te serais arrangé pour manigancer un coup d'éclat ou un scandale quelconque pour ne pas me laisser le choix.

— Encore une fois, tu noircis le tableau, tu ne trouves pas ? souligna-t-il.

Elle n'aima pas cela, il le vit à la façon qu'elle eut de redresser le menton.

— Le problème c'est qui tu es et qui je suis. Nous ne pouvons pas fonctionner ensemble.

— Tu veux parler de ton pedigree royal et de mon statut de bâtard, c'est cela ?

— Non, je veux parler de ton goût pour le tout ou rien, ton refus du compromis et de la tiédeur. Tu avances, tu zappes et moi je suis devenue un personnage historique dont tous les faits et gestes sont consignés pour l'éternité. Comment est-ce que cela pourrait marcher ?

— Mais pourtant, ça marche, Mila. Regarde comment cela marche entre nous, ici.

— Il y a cette magie, bien sûr. Mais la magie ne dure pas, Caius. Je croyais que tu l'avais compris.

Sa voix était plus rauque que jamais. À moins que ce ne soit cette même intonation qui l'avait teintée lorsqu'elle lui avait annoncé : « J'ai reçu des nouvelles. Mon père, le roi, est mort... »

Pourtant elle rit lorsqu'il fit le tour du plan de travail

pour la serrer dans ses bras, la soulever de terre et l'allonger sur la table pour lui montrer la puissance de cette magie temporaire entre eux...

Mais la magie ne suffit pas à apaiser les ruminations de Caius les jours suivants.

Tout ce que faisait Mila, depuis la façon dont elle répondait aux appels du palais, jusqu'au ton mesuré de sa voix lorsqu'elle parlait à ses conseillers, tout lui semblait symboliser les clous qui venaient un à un sceller le cercueil de leur relation. Et chaque jour les rapprochait de la fin de leur mois de sursis ensemble.

Il ralluma son téléphone et ne prit pas la peine de passer en revue ses messages. Il savait qu'il y en avait tellement qu'il aurait aussi bien pu jeter l'appareil par la fenêtre comme il lui arrivait régulièrement de le faire dans un accès de colère. Pourtant, il ne le fit pas. Il chercha un contact, c'était un numéro qu'il appelait rarement, puis il lança la communication avant même de réfléchir.

Enfin pas vraiment avant de réfléchir, mais plutôt avant d'objecter et de renoncer.

Les sonneries retentirent, longtemps, et lorsqu'on décrocha il entendit un remue-ménage au bout de la ligne qui devait signifier qu'il était en train de se passer quelque chose. Il sentit la tension envahir son corps avant même que son interlocutrice n'ait dit un mot.

Il savait bien quel serait ce mot, puisque c'était toujours le même. Elle avait un jour décrété qu'elle ne pouvait se souvenir de leurs prénoms et les appellerait tous de la même façon.

— Très cher ! Je commençais à m'inquiéter !

— Bonjour, comtesse, répondit Caius.

Il n'utilisait jamais le mot « mère » pour l'évoquer, ni une quelconque déclinaison de ce terme.

La dernière fois qu'il avait essayé, il avait six ans, il était entré en courant dans sa chambre et l'avait appelée « maman » avant de recevoir une claque en retour.

Il aurait dû le savoir, après tout, elle avait toujours été claire à ce sujet.

D'ailleurs elle lui avait bien dit que c'était entièrement sa faute.

Elle parlait maintenant de tout et de rien, comme à son habitude. Mais Caius savait qu'elle était comme un requin, elle encerclait sa proie et l'étourdissait brusquement, en quête de sang frais.

— Je vais venir à ton mariage, coupa-t-il subitement. Mais à la seule condition que personne ne sache que je suis présent.

Elle rit, ne comprenant visiblement pas de quoi il retournait.

— Je n'ai pas la moindre idée de ce que cela signifie, très cher !

— C'est très simple, dit-il en s'installant dans un fauteuil, les jambes croisées. Je veux bien venir pour être présent pour toi, te soutenir, en tant que fils, mais je refuse que la presse en ait vent.

— Très cher, la presse n'a jamais vent de rien, répliqua-t-elle en laissant deviner sa voix de requin. La presse te traque et tu n'y peux rien, tu devrais le savoir, maintenant.

— Il arrive qu'elle me traque, mais il arrive aussi qu'on

l'avise de ma présence, rétorqua-t-il. Je te demande ta parole que ce ne sera pas le cas cette fois-ci.

— Caius, dit-elle, prouvant qu'elle parvenait à se rappeler son prénom lorsque le sujet lui importait. Tout cela est puéril, tu es une figure publique, que cela te plaise ou non, et il y a un certain niveau d'attentes concernant notre famille, c'est bien la moindre des choses que nous puissions faire.

Mais à cette heure Caius se trouvait dans la maison de septembre en compagnie de la reine, une reine tout ce qu'il y avait de plus officiel et qui vivait pour son peuple. Une reine qui l'avait quitté pour son peuple et le referait sans nul doute le moment venu.

Une femme qui vivait pour son devoir et non pour la célébrité.

— Tu fais bien ce que tu veux, et tu peux chercher l'attention de toutes les façons que tu l'entends, répondit-il à sa mère, avec toutes mes félicitations.

— Tu n'oseras pas faire ça ! s'exclama sa mère. Après tout ce que j'ai fait pour toi !

Voilà qu'il la reconnaissait. Le retournement était flagrant, et il n'avait pas besoin de la voir pour l'imaginer, furieuse et mauvaise, après avoir tenté de l'amadouer.

— Rappelle-moi justement ce que tu aurais fait pour moi ? demanda-t-il d'une voix blasée.

Il ne l'était pas vraiment, blasé, sans doute parce que le petit garçon de six ans devait encore survivre quelque part au fond de lui, celui qui espérait que sa maman répondrait à ses appels, mais si la comtesse avait eu vent de sa capacité à ressentir des émotions, elle n'aurait eu de cesse de le traquer pour le dévorer tout cru, cela avait toujours été son passe-temps préféré.

Il avait pris conscience de cela à la dure, il n'avait pas eu le choix.

— Quand je pense à ta naissance, soixante-douze heures de travail sans répit, reprit sa mère. Et t'élever n'a pas été une promenade de santé, je te prie de le croire. Ton père était un monstre, tu n'as pas idée de tout ce que j'ai enduré à cause de vous.

— Peut-être n'aurais-tu pas dû l'épouser, railla Caius qui ne s'était pas autorisé de tels sarcasmes depuis bien longtemps.

Son père avait peut-être été un monstre. Aux yeux de Caius, c'était un homme profondément mélancolique et dépassé, mais il savait que l'on pouvait être différent en couple de l'image qu'on donnait de soi. Que pouvait-il bien faire à l'époque quant à ce mariage qui était déjà fini quand il avait eu l'âge d'en entendre parler ? Rien de ce qu'elle avançait n'était une excuse.

Il savait d'ailleurs qu'elle n'usait d'excuses prétendues que pour assener des reproches qu'elle voulait mordants à son encontre.

— Voilà comment je suis remerciée, reprit la comtesse. Comme si c'était trop te demander de simplement faire acte de présence et de faire ce que tu sais si bien faire : sourire, jouer de ton charme vain que tu dispenses autour de toi comme des confettis. Tu n'as jamais rien su faire d'autre, et personne n'a jamais rien attendu d'autre de toi, Caius, tu glisses dans la vie de façon aussi insignifiante que lorsque tu es venu au monde. On n'a jamais attendu rien d'autre de toi que de rester assez longtemps en place pour prendre la bonne photo…

Elle rit de son rire cruel, comme si elle pouvait le voir et voir son visage se défaire sous les coups portés.

Il n'avait pas voulu lui raccrocher au nez, ou du moins n'avait-il pas eu cette impression, mais c'est pourtant ce qu'il fit.

Il se retrouva en train de fixer son téléphone, l'appel était terminé et des pensées désordonnées tournaient sans fin dans sa tête.

Il savait qu'elle allait apprécier son coup de sang, elle aurait l'impression d'avoir eu le dessus.

« Si je pouvais encore te gifler, je le ferais plus fort pour que cela t'apprenne au moins quelque chose ! » avait-elle dit lors de l'un de ses mariages précédents.

Il se remémorait cela pour ne pas être tenté de croire qu'elle était capable de regrets, ou plaider l'amnésie…

Ou au cas où il aurait adopté la position de sa sœur, qui la voyait comme une personne blessée et faible qui faisait feu des maigres outils à sa disposition pour se défendre et non pas comme le requin sanguinaire qu'elle avait toujours été.

Caius pouvait toujours entendre la voix de Mila dans la pièce d'à côté. Sa voix de reine, calme, autoritaire. Était-ce bien la même femme qui avait gémi entre ses bras une heure plus tôt, qui avait planté ses ongles dans son dos au point d'y laisser de longues traînées écarlates ?

« Un de ces jours, tu vas me briser en tellement de morceaux que l'on ne pourra plus jamais me recomposer complètement », avait-elle dit un peu plus tard, le souffle encore court de leurs ébats.

Mais, quelques instants plus tard, elle s'était levée et avait remis chaque morceau bien en place sans aucune difficulté avant de reprendre la composition qui était la sienne.

Quelque chose en lui tremblait à cette pensée, comme si le sol risquait de s'ouvrir sous ses pieds.

Il chassa ses pensées de son esprit et appela sa sœur sans plus attendre.

— Je l'ai déjà sur l'autre ligne, lança Lavinia sans préambule. Tu t'attendais à quoi en lui annonçant les choses ainsi, je ne suis pas sûre d'arriver à la calmer !

— Eh bien n'essaye même pas, répondit-il posément.

Sa sœur resta silencieuse. Il l'entendit marmonner quelque chose, comme si elle s'excusait, puis le bruit autour d'elle changea. Une porte se ferma, et il imagina qu'elle changeait de pièce, peut-être pour s'isoler.

— J'insiste, reprit-il, pourquoi est-ce que tu n'essayerais pas de l'ignorer, pour une fois ? Pourquoi est-ce que nous ne l'ignorerions pas tous les deux ?

— Je n'ai jamais pensé que c'était une option possible pour nous, soupira Lavinia. L'ignorer et espérer qu'elle lâche l'affaire n'a jamais fonctionné avec elle.

— Je n'ai fait que lui dire que je ne voulais pas être pris en photo pendant son mariage.

Elle soupira encore au bout de la ligne.

— Et pourquoi donc ?

— Parce que je ne veux pas qu'elle se serve de moi pour sa popularité ou pour médiatiser quelque chose qui ne me convient pas.

Lavinia ne dit rien, et il sut pourquoi. C'était parce que

pour la première fois, sans doute, il parlait sérieusement, sans sarcasme ou pirouette amusée.

Il n'était jamais grave avec Lavinia. Jamais avec personne, dans le fond.

— Est-ce que… Est-ce que tu es sûr que ça va, Caius ? demanda-t-elle finalement.

— Je voudrais savoir à quoi ressemblerait ma vie si j'arrêtais d'en faire une performance, un jeu de dupes. Si je n'étais pas là où l'on m'attend. Je me suis demandé comment ce serait de n'être pas affiché partout où je me rends.

— Tu as déjà fait cela par le passé, si je peux me permettre de te le rappeler. Est-ce que tu as appris quelque chose de ta petite escapade d'il y a cinq ans ? Il a suffi que tu reviennes pour que tout reprenne comme par enchantement, du jour au lendemain.

Lavinia semblait exaspérée, mais Caius leva les yeux, comme s'il avait senti une présence.

Mila était là, sur le pas de la porte, et elle le fixait.

Sur son visage, son expression oscillait entre celle de la Mila avec qui il avait été ces dernières semaines et celle de la reine Emilia. Il eut envie de lui demander laquelle était réelle, mais il savait qu'elle n'était pas faite sur le même modèle que lui. Elle n'avait pas créé son personnage pour s'adapter à une mère comme la comtesse. Elle était née pour être reine.

Elle était tout à la fois Mila et la reine.

Il n'avait pas assez pris cela en compte la dernière fois.

Sans doute qu'alors il était trop sûr de lui. Trop sûr de qui il était, lui. Il faisait tellement fausse route…

— Je vais te dire ce que j'ai appris, dit-il dans son portable sans quitter Mila des yeux. Au cours de mes voyages de par le monde avec mes deux pieds pour compagnons et guides, j'ai compris que j'avais plus à offrir qu'une campagne de presse. La comtesse est persuadée que je ne suis qu'une coquille vide qui arbore un sourire au bon moment, auquel cas, qu'elle fasse afficher un poster de moi en arrière-plan de sa photo de mariage. Parce que ce que j'ai compris, durant toutes ces années en randonnant dans des lieux retirés sans que personne ne me reconnaisse, c'est que l'anonymat était un don du ciel.

— Oh Caius ! s'exclama Lavinia. Tu dis cela parce que c'était un choix temporaire, mais tu n'as jamais été capable de passer devant une scène sans grimper dessus, pourquoi prétendre le contraire tout à coup ?

— Lavinia, reprit-il posément, je ne viendrai pas à son mariage, ni à aucun autre à l'avenir. Plus jamais.

— C'était tendu…, commenta Mila quelques secondes après qu'il eut raccroché.

Il brûlait de lui dire tout ce qui se bousculait en lui, toutes ces pensées folles qui lui faisaient prendre conscience de qui il était et qu'il n'était plus sûr de reconnaître, ni même de souhaiter. Il aurait voulu lui dire qu'il n'était pas temporaire, qu'il ne voulait pas l'être.

Que ce n'était pas parce qu'il était bon pour occuper le devant de la scène que c'était là son envie.

— Tu sais pourquoi j'aime mon travail de producteur ? dit-il tout aussi gravement que lorsqu'il avait parlé à Lavinia ou à la comtesse. Parce que j'aime placer les bonnes personnes aux bons endroits. M'assurer que les trains partent à l'heure, que tout le monde est payé, que tout fonctionne comme prévu. Lorsque la plupart des gens s'extasient devant une belle voiture de sport, sa forme, son allure, moi ce qui me fascine, c'est ce qui est sous le capot. C'est ce que j'aime.

Il s'arrêta avant de préciser « C'est qui je suis. »

Ils restèrent à se fixer quelques instants en silence.

Et c'est alors que Mila se mit à rire.

Il ne savait pas comment lui dire que son rire l'éclaboussait comme de l'acide.

— Tu as toujours été très doué, Caius, mais je ne t'ai jamais imaginé en mécano !

Il aurait dû le lui dire alors. Il aurait pu. Il aurait pu se saisir de tout ce qui tremblait au cœur de lui, tout ce qu'il avait d'incertain et d'instable en lui, il aurait pu ouvrir grand sa poitrine et lui montrer qui il était.

Lui dire qu'il n'y avait rien de risible, là.

Mais la voix de sa mère résonnait encore dans sa poitrine, cruelle et mordante, lui disant à quoi précisément elle pensait qu'il était bon…

Alors il se contenta de sourire lorsqu'elle se rapprocha de lui, et puis il rit même avec elle, s'assurant soigneusement d'arborer son air le plus charmant, parce que c'était la seule chose qui plaisait aux gens, la seule chose qu'on attendait de lui.

Et Mila n'était sans doute pas différente de ces gens-là, après tout…

8

Mila sentait bien que quelque chose avait changé depuis ce moment où elle avait entendu cette conversation qu'elle n'était pas certaine d'être censée entendre. Pourtant, elle n'arrivait pas à dire précisément ce qui était différent.

Elle n'était pas certaine que ce désir ardent de le comprendre, de le connaître intimement soit une bonne idée, comme elle-même n'avait pas forcément envie d'être connue de lui. Elle n'était pas sûre non plus d'aimer tout le désordre de sentiments qui se déployaient et se mêlaient en elle ces derniers temps.

Et, dans tous les cas, septembre était en train de s'évanouir, quelle que soit la façon dont ils rempliraient ses derniers jours. C'était un peu comme si cette conscience les mettait tous les deux sur les nerfs.

C'était là lorsqu'ils s'aimaient ardemment. C'était là dans leurs silences. Tout n'était plus que flamme et chaleur, au point de se demander s'ils n'allaient pas se consumer intégralement avant la fin du mois.

C'était là le problème lorsqu'ils étaient ensemble : elle finissait par se dire que tout était possible.

Alors qu'elle savait au fond d'elle que ce n'était pas le cas.

Aussi déchirant que ce soit, aussi tentant lorsqu'elle

se réveillait la nuit et cherchait le sommeil des heures durant, enveloppée par ses bras, aussi ridicule lorsqu'elle imaginait des scénarios plus improbables les uns que les autres, elle savait bien que c'était impossible.

Sa vie avait été organisée dès le départ. Cela n'avait jamais vraiment été sa vie propre, d'ailleurs, si elle excluait ces quelques semaines volées. Elle n'avait donc rien à lui offrir et elle en avait pris conscience ces derniers temps.

Et, paradoxalement, plus elle était déchirée à l'idée de la fin, plus elle se sentait désirante, affamée de lui.

Et, bien qu'elle ait décrété qu'elle n'éviterait jamais la moindre discussion même délicate, elle constatait que cela aussi était différent lorsque Caius était en jeu. Elle se dit que peut-être était-ce parce qu'ils savaient depuis le départ qu'il n'y aurait rien de plus au-delà des quatre semaines qui leur étaient imparties.

Peut-être était-ce ainsi qu'il devait en aller entre eux cette fois-ci, sans scènes ni disputes.

Elle se répétait que c'était mieux ainsi, d'ailleurs. Mais pourtant elle avait l'impression de faire fausse route. Et puis sa vie n'allait pas basculer aussitôt, cette fois-ci. Pas de grande cérémonie pour consacrer son nouveau statut. Elle était déjà reine. Elle n'entrerait pas dans un tourbillon de festivités et d'obligations, elle ne serait pas aussi entourée que lors du décès de son père.

Elle commençait à songer que cette séparation serait certainement plus difficile que la première, même si les enjeux n'étaient pas les mêmes et qu'elle n'aurait pas à porter conjointement le deuil de son père.

Non, pas de couronnement ni de funérailles nationales, une fois le mois de septembre écoulé. Il ne resterait plus guère que les dernières miettes de son cœur pour affronter la vie du royaume.

— Sais-tu déjà où tu iras après ? demanda-t-elle lors d'une de leurs dernières nuits à la maison de septembre.

Aucun des deux n'avait osé parler de l'après jusqu'alors.

Jusqu'à maintenant, se dit-elle.

Ils avaient préparé ensemble l'un de leurs dîners habituels, et elle faisait de son mieux pour ne pas se montrer trop émotive. C'était pourtant quelque chose dont elle n'avait guère à s'inquiéter en temps normal et qu'elle devrait régler très vite, tant elle se sentait vulnérable.

Ces quelques semaines avaient suffi à rendre prévisibles leurs habitudes, leurs mouvements, que ce soit à la cuisine ou au lit. Et il y avait quelque chose de touchant dans la naissance de cette intimité. Quelque chose qu'ils n'avaient pas connu par le passé. La dernière fois, ils avaient été itinérants, en camping, en randonnée, ce qui rendait tout toujours nouveau, changeant, eux inclus.

Mila n'avait pas imaginé ce qu'il y avait de romantique dans l'intimité prolongée. Le fait de lui tendre le plat dont il avait besoin en cuisine, avant même qu'il le demande, la façon dont il se déplaçait autour d'elle, le frôlement de sa main contre sa taille pour lui faire savoir qu'il était là, ou le contact de son bras contre le sien parce qu'ils étaient proches.

La vérité était qu'elle ne savait pas comment elle allait apprendre à se passer de tout cela.

Cette intimité interdite dont elle ignorait être tant assoiffée.

Et cette fois-ci elle ne pouvait se dire qu'elle était en train d'enjoliver des souvenirs de sa vie d'avant le couronnement.

Qu'elle fantasmait une rencontre qui ne résisterait pas au quotidien…

Ils se retrouvèrent au coin du feu après avoir dîné et ils parlaient prudemment de tout et de rien, du monde, de l'histoire, des changements de la société. Lorsqu'elle avait proposé un dessert pour terminer le repas, ils avaient rapidement décidé que le meilleur choix possible était de se savourer l'un l'autre.

Il s'était levé un peu plus tard de l'épais tapis qui les avait accueillis près de la cheminée et avait été chercher leurs verres de vin. Ce soir, à la lueur des flammes, elle se sentait projetée dans une grotte préhistorique, comme s'ils pouvaient vivre mille vies en une.

Plus de vies en tous les cas qu'elle n'était capable d'imaginer.

— Est-ce que tu me congédies déjà ? avait-il demandé doucement.

Elle n'avait pas aimé cela pourtant. Pas tant sa question que la tonalité de sa voix qui lui semblait changée.

Il était en train de se métamorphoser, il était bien là, mais déjà elle ne pouvait plus le saisir.

Elle détestait cette sensation.

Et elle détestait toute l'énergie qu'elle mettait en œuvre pour sauver les apparences, pour n'avoir l'air de rien tandis qu'ils discutaient.

Pourtant, la douleur s'était installée au fond d'elle, elle ne pouvait l'ignorer.

— Je ne te congédie pas le moins du monde, avait-elle répondu en s'employant à paraître parfaitement calme, malgré sa poitrine serrée. C'est juste que d'ici deux jours, qu'on le veuille ou non, je devrai rentrer au palais. Retrouver mon royaume. Il ne sera plus question de s'attarder nue au coin du feu, au risque que mes employés me surprennent.

Elle voulut rire, mais le son qui sortit de sa gorge sonnait faux. Et la douleur s'amplifia.

— Tu dois accomplir ton devoir...

Elle ne sut ce que signifiait son intonation. À moins que ce ne soit simplement qu'elle n'aimait pas l'entendre parce qu'elle savait au fond d'elle qu'il avait raison et qu'il n'y avait rien à y faire.

— Oui, je n'ai pas le choix.

Mais lorsqu'il tendit les bras pour l'enlacer et la serrer contre lui en plaçant ses lèvres au creux de son cou, elle se sentit reconnaissante.

Peut-être valait-il mieux qu'ils arrêtent de parler. Peut-être que faire l'amour jusqu'à l'épuisement était la meilleure chose à faire pour eux.

Le lendemain matin, ils restèrent longtemps au lit, et à la façon qu'il eut de lui faire l'amour, si lentement, si tendrement, si longuement, elle eut l'impression qu'il essayait de la morceler en des milliers de petites particules distinctes.

C'était si lent qu'il n'y avait rien à faire que rester là, dans cet éblouissement des sens, dans la magie perdue et retrouvée. Dans ses bras où elle se sentait si bien. Dans le pur émerveillement de ce qu'ils partageaient et qu'elle ne pouvait avoir.

C'était si fort qu'elle eut envie de pleurer. Elle se sentait dévastée, écartelée.

Comme s'il faisait germer chaque soupçon d'émotion

en elle, au point que Mila songea qu'elle ne s'en remettrait pas. Jamais.

Et elle ne parvenait à dire ce que cela lui inspirait. Un peu plus tard, sous la douche, avant qu'il ne la rejoigne, elle laissa couler ses larmes en se demandant si on pouvait mourir de se sentir à ce point mise à nu et vulnérable.

Peut-être que ce n'était qu'une sensation. La sensation de mourir, plus que le risque de perdre la vie.

Elle proposa qu'ils aillent marcher pour changer d'air et se mettre en mouvement, comme une résistance au sentiment d'impuissance qui menaçait de l'étouffer.

— Nous n'avons pas la même définition de l'immobilité, je crois, avait répondu Caius dans un sourire, tout en se préparant.

Elle laissa la montagne parler à sa place. Ils suivirent un sentier qui partait de derrière la maison, serpentait dans les bois et qui débouchait sur ce que Mila considérait comme l'une des plus belles vues du royaume.

Là, elle s'était toujours sentie apaisée. Et, une fois arrivée, elle sentit que le calme et la beauté des paysages s'immisçaient en elle. Les collines vertes, les villages comme autant de petits points dans la vallée et puis, au loin, bien qu'elle ne le distingue pas vraiment, le palais et sa vie qui l'attendait.

— Tout est si beau vu d'ici.

Ils firent une pause sur un banc installé par un de ses ancêtres certainement, car elle ne devait pas être la seule à aimer cette vue.

— On dirait un véritable joyau dans son écrin, tu ne trouves pas ?

À côté d'elle, Caius ne répondit rien.

Tout à coup, elle se sentit moins apaisée. L'inquiétude, l'oppression revenaient.

Cette sensation de vulnérabilité qui refusait de la laisser en paix à nouveau.

Elle était même en train de s'installer plus profondément encore, au point de vouloir sortir d'elle-même, être quelqu'un d'autre pour échapper à cette angoisse.

Pour la première fois, elle se demanda si ce n'était pas possible d'être quelqu'un d'autre.

Mais octobre arrivait, l'automne était engagé et l'hiver se préparait déjà à cette altitude avec les premières touches de neige sur les sommets.

Pourtant, elle ne parvenait à penser à autre chose qu'à cet homme à côté d'elle, cet homme dont les yeux brillaient chaque jour plus secrètement.

Tandis qu'elle se sentait totalement exposée.

Comme si sa poitrine était ouverte en deux. Et c'était pire qu'une douleur, c'était une agonie.

Elle repensa à leur première nuit dans la maison, lorsqu'elle avait couru dans les couloirs et les tunnels et qu'il l'avait rattrapée avant de faire l'amour avec elle sur le canapé. Lorsqu'il s'était déshabillé, il avait retiré un médaillon de son cou et l'avait posé avec ses vêtements avant qu'elle n'ait le temps de voir ce dont il s'agissait.

Et pourtant...

Pourtant, là, dans le froid, elle n'arrivait pas à savoir si c'était vrai qu'elle n'avait pas eu le temps de poser les yeux dessus ou si elle avait finalement réussi à l'entrevoir.

Car une image troublante s'imposait à elle ?

Elle ne savait pas ce qui devait la préoccuper le plus, d'ailleurs.

— Tu portes une chaîne autour du cou d'habitude, non ? demanda-t-elle.

Caius soupira doucement, et elle fit mine de ne pas l'entendre.

— Ne t'engage pas dans cette voie, Mila. Tu ne sais pas comment tu en sortiras ensuite.

Elle sentait deux personnes en elle qui luttaient, à cet instant. Il était simple d'être la reine au palais et Mila, ici. Mais les deux rôles se confrontaient, alors que la fin du mois de septembre approchait.

— Je crois que j'ai vu ce que tu portais à ta chaîne, dit-elle si doucement qu'elle eut l'impression que le vent emportait ses paroles.

Il se leva et enfonça les mains dans les poches de son manteau. L'image était saisissante. Il se tenait debout au bord de la falaise, le regard dans le lointain, le vent froid balayant ses cheveux. Peut-être sentait-elle déjà la distance entre eux, même si leurs corps étaient encore si proches.

Bientôt, songea-t-elle.

— Qu'est-ce que tu veux que je te dise, Mila ? Veux-tu que je t'invente une anecdote légère que nous pourrons raconter dans un dîner ennuyeux ?

Elle sentit soudain la panique prendre possession d'elle. C'était la panique qui lui faisait ouvrir la bouche dans l'urgence de parler sans pouvoir prononcer un son.

Comme si ses propres mains étaient serrées autour de sa gorge.

Il se tourna vers elle, et ses yeux brillaient comme le bijou qu'était son royaume dans le lointain.

Ils brillaient fort comme s'ils voyaient au travers d'elle.

Comme s'il était la seule personne au monde capable de voir jusqu'au plus profond d'elle-même.

Et elle allait devoir renoncer à lui.

Encore.

— C'est mon alliance, dit-il de sa voix qui refusait le compromis. Tu le savais, non ? Je la porte près de mon cœur, n'est-ce pas risible ? Je n'ai pas la preuve que tu possèdes un cœur, mais moi je continue de réchauffer le mien en portant la bague que tu m'as offerte comme gage de ton amour, paraît-il.

Le coup porté était si rude qu'elle fut surprise de ne pas chavirer.

— Ce n'est pas juste.

— Je n'ai jamais considéré que la justice soit de la partie entre nous. Tu as décidé depuis le début que rien de plus n'arriverait. Tu as décidé qui nous étions l'un pour l'autre à tout jamais il y a des années de cela. Et la reine Emilia ne change jamais d'avis une fois qu'elle a tranché.

Mila se tenait debout, mais tout son corps tremblait comme une feuille.

— Je comprends ce que tu dis. Je suis blessée et je trouve cela insultant, mais j'imagine que c'est le jeu. Nous avons eu ce mois entier pour nous. Je n'aurais jamais imaginé que c'était possible. Pourquoi ne pas le prendre comme il s'est offert à nous ?

— J'ai étudié les lois de ton royaume, dit-il, son regard toujours aussi brillant. C'est devenu une obsession chez moi. Tu savais que l'époux légal de la princesse héritière est couronné en même temps que la reine ?

Lorsqu'elle le fixa, elle vit son rictus narquois se dessiner au coin de sa bouche. Cela faisait des semaines qu'elle ne l'avait plus vu, et il ne lui avait pas manqué.

— Pendant tout ce temps, j'étais ton roi, dit-il, d'un ton moqueur. Je suis le roi. Dans certains pays, l'époux ne devient pas systématiquement souverain, mais pas ici, Votre Majesté !

Il poussa le sarcasme jusqu'à effectuer une courbette devant elle.

Elle avait toujours l'impression que des mains étaient en train de l'étrangler, tant sa gorge la faisait souffrir, mais elle devait répondre.

— Ainsi nous allons en finir comme nous avons commencé ? Par des menaces ?

— Je ne veux pas te menacer, riposta-t-il. Mais qu'est-ce que je peux faire ? Cela fait des années que je me promène avec cette alliance, Mila. Au moins avant, je pouvais prétendre que ces quelques mois avaient compté, que tu vivais peut-être comme moi dans le souvenir de ces moments, mais ce n'est pas vrai.

Il avança jusqu'à elle, et le temps d'un instant elle espéra qu'il allait la prendre dans ses bras.

Mais évidemment il ne le fit pas.

Caius passa devant elle et ne s'arrêta pas, il reprit le chemin du retour sans un regard pour elle.

— Je ne t'ai jamais oublié, Caius ! s'écria-t-elle, désespérément.

Il s'arrêta net, juste avant les arbres qui allaient avaler sa silhouette dans le chemin. Mais il ne se retourna pas. Il attendit.

— J'ai toujours mon alliance, moi aussi, reprit-elle. Je

n'ai jamais pu m'en défaire. Je l'ai mise sur une chaîne comme toi et je la cache, mais je sais toujours où elle est.

Elle voulut s'arrêter là, mais quelque chose en elle n'y arrivait pas.

— Je sais toujours où tu es, Caius.

Une bourrasque le secoua et fit bouger les branches autour de lui, puis il tourna la tête et son regard se posa sur elle, toujours aussi brillant.

— J'aimerais pouvoir te dire que je trouverais insultant que tu t'imagines me convoquer tous les ans en septembre pour venir te rejoindre ici, Majesté, lança-t-il, amer. Mais je crois que nous savons tous les deux que ce n'est pas tout à fait le cas. Tu sais que tu n'as qu'à siffler et que j'arriverai ventre à terre comme le petit chien que je suis à tes yeux depuis le début.

Il la fixa un long moment, puis il tourna les talons et disparut dans le sentier. Mila voulut lui courir après, mais ses jambes ne la portaient plus.

Elle se laissa retomber sur le banc face à la vallée. C'était toujours aussi beau. Elle avait l'impression que le royaume était tellement loin, vu d'ici…

C'était comme si elle en prenait conscience tout à coup, assise, là, vulnérable comme jamais… Le trône et la couronne, les rituels et les horaires. Les exigences de l'aristocratie. Les attentes de la royauté.

Tout cela servait à créer une distance et à la maintenir jour après jour, année après année.

Elle commença à pleurer, et ses larmes se figèrent sur ses joues glacées.

Tout son corps se mit alors à grelotter, comme s'il ne pourrait plus jamais se réchauffer.

C'était insupportable, alors elle se leva et reprit le chemin du retour à son tour, même si elle aurait dû se douter depuis le début qu'il serait trop tard.

C'était trop tard.

Caius était parti.

Il avait pris ses clés et les lui avait laissées dans le tunnel. Elle se retrouva là, dans la pénombre à suivre les parois pendant de longues minutes.

Elle eut l'impression qu'il lui fallait une éternité pour arriver en haut de l'escalier en colimaçon. Remonter sans lui, cette fois, traverser les caves et arriver dans la cuisine silencieuse...

Elle décréta qu'elle ne pouvait rester ici sans lui les derniers instants. Ce temps qu'il restait lui semblait sonner comme une sentence de prison. Que faire ? Errer comme un fantôme dans la maison en manque de lui.

L'idée même lui semblait une torture.

Elle appela son chauffeur et demanda à rentrer au palais plus tôt que prévu.

Elle mettrait à profit ce temps pour redevenir la reine Emilia et se défaire des oripeaux de septembre.

Il fallait qu'elle redescende de la maison de septembre pour remettre son masque, son armure. Elle devait chasser tous les espaces de vulnérabilité de son corps et reprendre le contrôle de celui-ci, physiquement. Car le manque de Caius était bien physique.

Elle s'efforça de se rappeler qui elle était à chaque virage qui la rapprochait du palais.

Et, petit à petit, elle prenait conscience de la vie qu'elle allait retrouver, cette vie qui avait toujours été la sienne et qui la serait à jamais.

Son devoir.

Mila est morte à nouveau, songea-t-elle en arrivant au palais alors que les portes se refermaient derrière la voiture. *Vive la reine !*

Elle se réveilla le lendemain et s'en remit à ses femmes de chambre venues l'aider à s'habiller et se préparer. Elles passèrent longtemps à la maquiller et à soigner ses mains, ses ongles, ses cheveux après un mois laissés libres de soin, ce n'était pas une mince affaire.

Elle rejoignit ensuite sa mère qui l'attendait pour déjeuner en tête à tête. Elle prit place à table en face d'Alondra qui semblait ne pas vouloir noter l'émoi et les tourments qui l'habitaient.

Sa mère se mit à passer en revue les derniers ragots du royaume, toutes les petites histoires insignifiantes qu'elle avait passé un mois à oublier.

De retour dans ses appartements, elle pensa à son alliance dans son tiroir secret. Comme si elle était vivante et palpitait en silence au bout de sa chaîne. Comme si elle l'appelait.

Mais elle ignora ses appels.

Elle se rendit dans sa bibliothèque, enveloppée dans un plaid, se servit un verre de vin et décida de regarder les films produits par Caius.

Un par un.

En suivant l'ordre chronologique.

Des films d'amour.

Malheureux.

Des films denses et complexes. Tragiques et beaux. Et elle le retrouvait en filigrane dans chacun d'entre eux.

Là, assise sur son canapé, enfin seule, elle pleura.

La douleur infinie. Le deuil impossible.

Oh ! comme elle pleura !

Le lendemain elle retrouva le cortège de missions et de tâches officielles qui était son lot quotidien avec une sorte de soulagement. Le soir, elle participa à un dîner officiel en compagnie de barons de l'industrie, où elle se contenta d'acquiescer de la tête en silence en assurant la conversation superficielle qui se déroulait autour de la table.

C'était bien ainsi, songea-t-elle en regagnant sa chambre le soir. Elle lutta à nouveau contre le chant des sirènes qu'exerçait la présence de son alliance dans le tiroir. Cette même alliance qu'il portait autour du cou, tout près de son cœur.

Son cœur à elle pleurait quand elle y pensait...

Penser à lui ne lui valait rien de bon. Comme si son corps refusait d'accepter son absence. Sa chaleur, ses étreintes lui manquaient tant.

C'est un rêve de lui qui la réveilla durant sa troisième nuit seule au palais.

Il n'était pas là, elle le savait bien, mais il lui fallut du temps pour cesser de regarder fixement le plafond de sa chambre, pour ravaler les larmes qui se pressaient à ses paupières et sécher ses joues inondées.

Mais elle ne retrouva pas le sommeil.

Pour autant, elle ne perdit pas son temps, car elle se mit à planifier la suite. Il était temps qu'elle s'empare de sa vie et qu'elle demande conseil à des juristes sur ce qui s'était passé en Amérique il y a cinq ans. Elle chercha la personne de confiance à qui elle pourrait raconter ce qui s'était passé et dont elle pourrait obtenir des conseils avisés. Quelqu'un qui saurait faire plier Caius afin qu'elle puisse obtenir une séparation en bonne et due forme, le tout le plus discrètement possible.

C'était ce qu'elle aurait dû faire il y avait cinq ans de cela, déjà.

Mila se dit que le vide qu'elle ressentait en elle, cette sensation de désolation saisissante n'était rien de plus que la certitude tranquille qu'elle était enfin sur le droit chemin et qu'elle faisait ce qu'il fallait faire.

Elle fut pourtant cueillie par l'arrivée d'un courrier inattendu au petit matin.

On le lui délivra sans un mot tandis qu'elle prenait son petit déjeuner. Il lui fallut de longues minutes pour arriver à décacheter l'enveloppe grand format qu'elle détaillait sans pouvoir bouger un doigt.

Il lui fallut encore plus longtemps pour cesser de fixer la photo en première page.

Elle reconnaissait les protagonistes, mais ne parvenait à accéder à la compréhension de ce que cette photographie signifiait.

Elle essayait vainement de remettre en place les pièces du puzzle qu'elle découvrait. Sans doute son cerveau refusait-il de comprendre ce qu'elle était en train de voir. Refusait de l'admettre.

La photo avait été prise au gala de fin d'été, dans les jardins. Elle reconnaissait la haie en arrière-plan. Elle ne parvenait à la quitter des yeux.

Cela dura une éternité.

Elle savait bien que n'importe qui d'autre ne verrait que les deux personnes au centre de l'image. Mila et Caius, marchant l'un à côté de l'autre.

La reine et le trublion.

C'en était presque risible, car de tous les clichés qui auraient pu être pris d'eux deux ce jour, c'était là le plus innocent assurément.

C'était au moment où ils étaient ressortis ensemble du labyrinthe.

Ils marchaient côte à côte, sans même s'effleurer.

Il y avait pourtant ce regard entre eux.

Elle le reconnut aussitôt.

La façon qu'elle avait de le regarder ne laissait aucun doute.

Mila avait un regard qui affirmait très clairement trois choses :

D'abord que la reine Emilia de Las Sosegadas était une femme, de chair et de sang. Une femme désirante et pas une icône.

Ensuite qu'il y avait une tension entre eux indubitable, charnelle, qui se traduisait dans leurs yeux, bien qu'ils ne se touchent pas le moins du monde et ne fassent rien de répréhensible.

Et enfin, que ce qu'elle avait redouté pendant leur séjour californien était finalement arrivé. L'heure de la vengeance avait sonné.

Elle avait finalement créé le scandale qu'elle avait promis à son père d'éviter. Le scandale de la trahison. Elle s'était trahie, avait trahi ses vœux et sa couronne, trahi son père et tout le reste.

Maintenant, tout le monde allait savoir.

Et Mila, de son côté, ne pouvait ignorer que ce n'était que la partie émergée de l'iceberg, l'annonce d'une déferlante incontrôlable qui allait s'abattre sur elle, le palais, la monarchie...

Caius Candriano, la seule erreur qu'elle ait jamais commise, le seul homme qu'elle ait jamais connu, cet homme qu'elle avait aimé, allait bel et bien l'emporter dans sa chute comme il le lui avait prédit.

9

Caius apprit durant un festival du film à Manhattan qu'un scandale venait d'éclater, l'impliquant avec celle qui était toujours légalement son épouse, mais surtout la reine de Las Sosegadas.

Ce festival lui avait demandé un travail de titan, non pas pour le film qu'il y présentait, mais pour parvenir à faire illusion en public dans l'état catastrophique où il était.

Un de ses collègues lui en avait même fait la remarque la veille, durant une soirée privée remplie de gens raffinés et passionnants, mais qui n'étaient pas Mila.

— Qu'est-ce qu'il t'arrive, Caius ? Tu n'as pas l'air dans ton état normal.

— Rien ne m'arrive jamais, avait répondu Caius, sarcastique.

— Tu devrais te regarder dans une glace alors ! Je pense qu'il vaut mieux que je te remplace ce soir, et que tu ailles te reposer.

Il n'avait pas même réussi à se mettre en colère face à l'insolence de sa remarque.

Cela lui était égal. Il aurait voulu être transparent, disparaître, effacer l'homme à l'intérieur de la carapace qu'il s'était construite.

Oublier qui il était.

Oui, il n'attendait que cela.

Les gens, ainsi, l'oublieraient à leur tour. Il ne serait plus l'invité de choix, celui qui était indispensable mais qu'on n'invitait jamais trop longtemps. Celui qui assurait le divertissement des convives par sa seule présence. Il avait laissé une seule personne entrevoir qu'il était plus que cela, mais elle s'en moquait bien.

Il ne devait pas penser à elle. Et puis inutile d'être injuste envers Mila. Il savait bien qu'elle ne se moquait pas de lui. Mais cela n'avait pas suffi.

Elle tenait juste assez à lui pour passer un mois cachée avec lui et puis reprendre le cours de sa vie. Cela ne lui importait pas.

Il devait apprendre à faire que cela ne lui importe pas à lui non plus.

Il y travaillerait d'arrache-pied, et il finirait bien par y arriver.

Caius s'était attendu à la présence de paparazzis à la sortie de la projection. Il était un vieux routard de leurs pratiques et un très bon client, d'ailleurs, allant les saluer, plaisanter et se comportant à l'inverse de toutes les célébrités qui les fuyaient comme la peste dès qu'ils n'en avaient plus besoin pour se faire valoir.

Il savait aussi ignorer ou rire des provocations criées par les photographes pour essayer d'obtenir une expression de choc sur leurs clichés. Il pouvait même renchérir à l'occasion. Car tout lui était égal à part une seule personne au monde, dans le fond.

Mais ce soir c'est le nom de cette personne qu'on lui cria à la sortie.

Il n'aurait pas dû se figer, mais c'était comme s'il n'arrivait pas à en croire ses oreilles.

Comment était-ce possible ? Personne n'avait pu les voir, ils avaient été si prudents.

— Depuis combien de temps couchez-vous avec la reine ? s'écria un paparazzi sans scrupule.

Il faillit avoir un coup de sang, mais se ressaisit. Il ne devait pas envenimer les choses, au moins par respect pour Mila.

Alors il rit. Comme il le faisait toujours quand les choses devenaient sérieuses. Il fit le cabot et posa pour les photographes.

Pourtant les commentaires sur la reine Emilia ne cessaient guère.

— Allons, Caius, demanda un des photographes qui le connaissait depuis des années, il faut nous dire ce qu'il se passe entre vous et la reine !

— Toutes les femmes que je fréquente sont des reines à mes yeux, vous savez ! lança-t-il, bottant en touche grâce à cette pirouette.

Il garda son sourire figé jusqu'à ce qu'il se retrouve seul, débarrassé du dernier photographe visible. Une fois dans la sécurité de son habitacle de voiture, en chemin vers l'aéroport où se trouvait son jet privé, il reprit son vrai visage. Il sortit alors son téléphone et fixa les nouvelles, atterré.

Et il se sentit plus sidéré encore en songeant qu'il ne pouvait pas faire ce que n'importe qui d'autre ferait si quelque chose de ce genre arrivait. Il ne pouvait même pas appeler Mila. Bien sûr, il pouvait se rendre à Las Sosegadas, tenter de se faire inviter par un de ses contacts pour l'approcher.

Mais il ne pouvait pas simplement appeler Mila et lui demander comment elle allait.

Il se doutait que cela devait être compliqué de son côté. La nouvelle s'était répandue comme une traînée de poudre à coup sûr, et il était là de l'autre côté de l'Atlantique, tout seul, incapable de faire quoi que ce soit pour elle.

Il aurait dû se douter qu'il lui porterait la poisse. Il se sentait navré pour elle. Triste, si triste. Ce poids sur sa poitrine ne le laissa pas tranquille lorsqu'il embarqua dans son avion en route pour Hollywood et pas pour les Pyrénées où il supposait que Mila n'avait pas la moindre envie de le voir débarquer.

Il se plongea alors dans les méandres d'Internet en quête de détails sur le scandale en question.

Il ne fut pas long à trouver.

À longueur de tabloïds se déployait cette même photo, la seule, visiblement. Ils sortaient du labyrinthe ensemble. Il ne se souvenait pas exactement de ce moment, mais avait le souvenir d'avoir été prudent, pourtant.

Son téléphone qui bipait finit par le tirer de ses pensées. Un message sarcastique de sa sœur le saisit au vol. Il décida de répondre par la dérision, comme toujours, et la remercia de son soutien.

Par le hublot, il regardait le patchwork du territoire américain qu'il survolait en se demandant pourquoi il avait la gorge si serrée et la poitrine comprimée.

Il replongea dans la lecture de la presse et des commentaires et, alors qu'il atterrissait en Californie, il avait lu plus de remarques dépréciatives à son sujet qu'il n'était capable d'en supporter.

Une fois dans sa voiture, il ne parvint pas à se rendre

directement aux studios et prit sans réfléchir la route de l'océan. Il ressentait toujours cette oppression dans la poitrine qui lui transmettait comme une urgence de faire quelque chose.

Arrivé sur la côte, il ne s'arrêta pas et prit la direction de Malibu, qu'il dépassa. C'était comme s'il était poursuivi, même s'il avait la certitude que la plus grande menace le concernant se trouvait dans cette voiture, au volant. Dans son corps même.

Les centaines de commentaires méprisants à son égard tournaient en boucle dans sa tête. Visiblement, il n'était pas le seul à penser qu'il était son pire ennemi.

Pourtant, il avait été habitué à se faire traiter de tous les noms d'oiseaux par la comtesse. Il était rompu aux critiques acerbes et aux insultes. Mais le plus douloureux avait sans doute été de lire la déception des gens envers Mila. Comment avait-elle pu s'abaisser à flirter ou plus avec un homme tel que lui...

Ce n'était pas tant que les gens ne l'aiment pas mais bien que sa simple proximité à la reine suffise à ce que le monde entier soit déçu de Mila.

La dernière fois qu'il s'était senti aussi impuissant, c'était enfant, face aux maltraitances de sa mère. Il s'était juré plus tard de ne plus jamais laisser cela arriver. Et voilà que cela recommençait et, pire, que cela engageait Mila du même coup.

Son téléphone ne cessait plus de sonner, maintenant, mais il ne répondait pas. Une fois à Santa Barbara, il s'arrêta et le jeta tout bonnement dans une poubelle avant de se rendre dans la première boutique où il s'en racheta un avec un nouveau numéro.

Puis il reprit la route au volant de sa voiture de sport qui renforçait la caricature de ce qu'il était.

Ce n'était pas qu'on étale sa vie dans les journaux qui le torturait – il savait que l'exagération et l'invention étaient leur marque de fabrique –, mais l'idée que sa simple présence auprès de Mila puisse signifier qu'elle n'était pas la personne probe qu'on imaginait, comme s'il la contaminait de sa mauvaise réputation et faisait d'elle une pestiférée simplement pour l'avoir approchée, le rendait malade.

Il appela son assistante pour lui transmettre son nouveau numéro en cas d'urgence et surtout lui préciser qu'il n'était là pour personne.

Évidemment, si elle avait vraiment voulu, Mila aurait pu le contacter.

Mais ce ne serait pas le cas.

Il s'arrêta dans une petite ville du Nnord et acheta les victuailles dont il avait besoin avant de se rendre sur le Pacific Coast Trail.

C'était ici que Mila l'avait quitté il y a cinq ans à cause de son image, de sa réputation. C'était à nouveau ce qui l'avait poussée à le quitter au terme de ces quelques semaines passées ensemble dans la maison de septembre.

Elle n'avait même pas voulu essayer d'en parler.

Maintenant, il savait pourquoi.

Et il se moquait bien que plus de la moitié des rumeurs colportées à son sujet soient fausses.

C'était la personne que les gens imaginaient. Et il s'était transformé en parodie de lui-même. Un peu comme la comtesse.

Il savait que s'il avait parlé de cela à Lavinia, elle l'aurait encouragé à parler à leur mère. Elle qui était persuadée que par le dialogue ils pourraient réparer leur enfance brisée. Mais il n'y croyait pas. Il était convaincu qu'en montrant à la comtesse que cela comptait à leurs yeux, ils exhiberaient leurs faiblesses et qu'elle en profiterait un jour ou l'autre à leur détriment.

Les commentaires défilaient encore dans sa tête. INFÂME ! DÉGOÛTANT. Et en lettres capitales, s'il vous plaît.

En marchant, il songea que ce personnage méprisable était sans doute l'homme que Mila pensait avoir épousé dans un moment d'égarement.

Ce bon à rien de Caius, prétentieux, méprisant, sans foi ni loi.

Pourtant, l'espace d'un court instant, il avait été fier de l'homme qu'il était.

Leur mariage en était le symbole. Et l'alliance autour de son cou lui rappelait cela. Lui rappelait qu'elle était tombée amoureuse de lui. Le vrai Caius qui se cachait sous les apparences. Au point de vouloir l'épouser et de lui jurer de l'aimer toujours.

Ces quelques mois tous les deux avaient été merveilleux. Personne ne savait qui ils étaient. Ils n'avaient pas eu à jouer un rôle. Ils avaient marché, campé. Dormi et marché et campé.

Mila et lui avaient appris à se connaître comme deux personnes ordinaires qui se rencontrent, rien de plus et rien de moins.

Caius avait aimé cette version de lui. Et Mila en était tombée amoureuse.

Ces dernières semaines avec elle, il avait d'abord retrouvé cet homme avait bonheur et s'était rappelé qu'il détestait celui qu'il était devenu. C'était pour la même raison qu'il était parti marcher la première fois.

Il n'était jamais revenu ici, depuis. C'était sa façon de survivre au manque, à la rupture. Il était sorti, s'était noyé dans le bruit et les festivités pour oublier.

Il était redevenu celui qu'il détestait tant. Celui que sa mère lui décrivait.

Alors il repartait dans les bois. Pas après pas, il quittait la ville, le monde et les oripeaux de son personnage. Il marcherait jusqu'à se retrouver.

Pour redevenir cet homme qu'il avait admiré.

Cet homme que Mila avait aimé à une époque.

Lorsqu'il l'aurait retrouvé, il se rendrait à Las Sosegadas et il essayerait de sauver l'amour de sa vie.

De la sauver de lui.

10

Le palais activa immédiatement une cellule de crise censée éteindre l'incendie qui menaçait. Les équipes se réunirent pour évoquer *la situation*, on chuchotait dans les couloirs, et des consultants en communication furent convoqués en urgence.

Mila naviguait parmi tout ce monde en faisant comme si de rien n'était. Elle se sentit fort soulagée, pourtant, de voir arriver sa sœur Carliz en renfort lorsque, quelques jours après la publication de la fameuse photographie, il parut évident que le scandale n'allait pas s'éteindre tout seul ou après quelques dénégations d'usage.

— Tu n'as pas amené Centuri ? demanda-t-elle en serrant sa sœur dans ses bras.

— Valentino s'occupe du bébé, ne t'inquiète pas pour eux ! Quant à moi, je suis venue pour toi, répondit Carliz chaleureusement.

Les deux sœurs étaient heureuses de se retrouver et de renouer avec un ancien rituel qui consistait à ce que Carliz se glisse dans la chambre de Mila après l'heure du coucher pour pouvoir prolonger tranquillement leurs confidences jusqu'au milieu de la nuit. La présence de Carliz auprès d'elle ce soir lui valut le premier moment de bien-être, sa première respiration depuis le départ précipité de Caius de la maison de septembre.

La cellule de crise avait émis l'hypothèse que Caius lui-même aurait pu commanditer cette photographie en vue d'un chantage à la Couronne. Mila n'y croyait pas, même s'il lui arrivait parfois d'espérer que ce soit le cas, ce qui aurait au moins signifié qu'il se manifestait à elle d'une façon ou d'une autre.

— Bon, dit Carliz, je crois qu'on a deux ou trois choses à se raconter, non ?

Mila soupira et sortit une bouteille de vin et deux verres à pied de derrière son bureau.

— Je vois que l'affaire est sérieuse, commenta Carliz amusée en saisissant son verre.

Mila sourit, prit une gorgée et… se lança ! Il y avait effectivement pas mal de confidences à rattraper entre les deux sœurs.

Elle n'éluda aucun détail. Ni la magie de leur escapade cinq ans en arrière, ni les petits bonheurs quotidiens qu'elle avait pu vivre en étant anonyme avec lui dans les montagnes…

— J'ai adoré être traitée comme tout le monde, faire les choses par moi-même, faire la queue, attendre mon tour… Je ne supporte plus d'être transportée d'un lieu à l'autre comme un colis fragile !

Elle raconta à Carliz sa décision de partir faire cette randonnée, traverser les bois et les montagnes de Californie, bien loin de ce qui serait ensuite son monde. Elle avait dû se dépasser pour cela et persévérer en serrant les dents, tant elle n'était pas préparée à aller au bout de ses forces physiques. Et puis un beau jour, elle avait trouvé son rythme.

Elle finit par lui raconter sa rencontre avec Caius. Il était tout bonnement passé comme une étoile filante, et elle avait été éblouie.

Pendant des jours, ils n'avaient pas parlé, marchant côte à côte parfois pendant des heures.

— Tu l'avais forcément reconnu, dit Carliz. Tout le monde connaît Caius Candriano !

— Bien sûr que je l'avais reconnu ! Mais je n'en avais rien laissé paraître.

Mila poursuivit son récit, vaguement gênée de n'en avoir jamais touché mot à sa sœur. Elle raconta comment ils étaient devenus intimes dans ces conditions impossibles à répéter, cet anonymat relatif, cette escapade tolérée avant le grand bain.

Elle n'était pas encore reine à l'époque.

— Peut-être était-ce si intense alors parce que nous étions tous les deux là pour des raisons similaires… Pour sortir de notre peau le temps d'une aventure. Ou pour savoir qui nous étions alors que, justement, personne ne savait qui nous étions ?

Le regard de Mila s'embruma soudain, et Carliz lui serra la main.

— Tu dois tellement m'en vouloir de t'avoir caché tout ça…

— Je crois que moi non plus je ne t'ai pas tout raconté de ma rencontre avec Valentino, tu sais ! Je n'ignore pas que lorsqu'on tombe amoureux tout le bruit, tout le tourment, tout ce qui se passe alentour nous échappe et il n'y a plus qu'une seule présence qui importe, comment pourrais-je t'en vouloir ?

— J'ai aimé cette présence, cette vie. Et puis, j'ai aimé

cet homme, reconnut Mila. Et tu ne vas pas me croire, mais je l'ai assez aimé pour… l'épouser !

Il fallut quelques instants à Carliz pour retrouver son calme et pour retirer les mains de sa bouche sous peine de pousser un hurlement qui aurait rameuté tous les gardes dans la chambre.

— Je n'arrive pas à croire que tu aies fait ça et encore moins que tu aies gardé cela pour toi tout ce temps ! Des années… Cinq années de mariage secret ? Mila, mais comment est-ce possible ?

— J'étais persuadée que cela finirait par sortir, qu'il parlerait ou que quelqu'un le découvrirait et que je me réveillerai un beau matin alors que la planète entière apprenait la vérité…

Les deux sœurs soupirèrent en silence, chacune prenant une gorgée de vin.

— Qu'est-ce que tu comptes faire, maintenant ? Vous avez parlé de cela ?

— Je n'ai pas le choix, dit Mila. Je dois offrir un héritier à la Couronne et pour cela épouser celui qui deviendra mon roi. J'ai appris qu'il y avait des critères établis pour les candidats au titre. Il devra être calme et discret, de grande lignée, ne devra pas me faire de l'ombre tout en étant un homme d'État…

Carliz saisit la main de Mila et la serra jusqu'à ce qu'elle la regarde enfin.

— À quoi bon être la reine si c'est pour mener une vie solitaire et triste ? Tu n'es pas une nonne, Mila, ce n'est pas la vie que tu veux !

— Je sais, répondit Mila tristement, mais qu'est-ce que je peux faire ?

— Tu rigoles, j'espère ? lança Carliz. Mais enfin, tu es la reine Emilia, tu pourrais dire : je l'aime, et comme je suis la reine, je vais aimer qui bon me semble. Que veux-tu qu'il se passe ?

Il était facile dans les vapeurs du vin et dans la joie de la présence de sa sœur de se dire que c'était une bonne idée. Et que ce serait aussi simple que cela.

Lorsqu'elle se réveilla au matin, cependant, la tête douloureuse et le cœur chagrin, et qu'elle dut présider une réunion sans fin sur les réponses à apporter à *la situation*, elle se dit que ce n'était pas si simple, hélas. Que cette assemblée d'hommes, tous revêtus de costumes sombres, qui débattaient de ce que devait être sa vie et de comment elle devait la mener allaient être difficiles à convaincre ou à déloger du palais.

Il avait suffi d'une photographie innocente pour que tout son règne semble basculer dans l'infamie la plus totale, malgré son attitude exemplaire par ailleurs.

Elle ne pouvait même plus les écouter... Ils dissertaient sans fin sur cette photo sans même savoir que le vrai scandale était qu'elle avait officiellement donné son cœur à cet homme cinq ans plus tôt. Tout cela était ridicule, comme la plupart des missions protocolaires dont elle avait la charge en général : elle brassait du vent !

Caius était revenu, voilà ce qui s'était passé et elle avait tangué à nouveau et était sortie de son rôle de reine au cœur de pierre qu'elle avait pourtant si bien tenu depuis la mort de son père.

Elle savait qu'elle n'avait d'autre choix que de redevenir

cette statue, revêtir à nouveau une armure et un masque qu'elle ne retirerait plus jamais.

Avant cela, elle profiterait encore quelques jours de la visite de sa sœur. Ensemble, elles revirent des amies d'enfance, comme Paula. Elles passèrent leurs soirées à se raconter leurs vies, et Mila eut l'impression de mieux connaître Valentino grâce à leurs échanges. Carliz lui raconta son vécu de la maternité, l'engagement de Valentino auprès d'elle et de leur fils, Centuri, de façon totalement égalitaire malgré les conventions patriarcales dans lesquelles ils avaient baigné l'un et l'autre. Et leur relation inspira à Mila une bouffée d'espoir.

Le dernier soir du séjour de Carliz, un dîner était prévu avec leur mère, Alondra, même si la réunion des trois femmes avait généralement tendance à se terminer en pugilat.

Lorsque *la situation* fut finalement abordée par Alondra sur un ton de désapprobation totale, Carliz décida de monter au créneau au grand étonnement de Mila.

— J'espère en tous les cas que, même si nous ne tombons d'accord sur rien, nous pourrons nous retrouver quant au fait que tout le monde peut comprendre que même une sainte comme ma sœur puisse mettre en péril sa réputation pour quelqu'un comme Caius Candriano. Avoue, maman, il est irrésistible !

— Carliz ! s'exclama Alondra.

Mila aurait voulu rester impassible, mais elle éclata de rire, ce qui irrita sa mère encore davantage.

— Vous allez trop loin toutes les deux. Ce que tu as fait met la Couronne en délicatesse et je suis surprise que tu piétines ainsi la mémoire de ton père, Mila !

— Finalement, tu arrives à l'appeler Mila, murmura Carliz. C'est dommage que ce ne soit jamais affectueux, mais toujours pour lui faire des reproches. Pas étonnant qu'elle n'ait pas évoqué ses secrets avec toi...

— Tu ne comprends pas, Carliz. Ce qui concerne le trône, la Couronne et l'héritage familial n'a rien à voir avec toi de toute façon. Tu as toi-même été très claire à ce sujet.

— En refusant d'épouser un vieil homme ennuyeux que tu aurais choisi pour moi ? Oui, je plaide coupable ! rétorqua Carliz.

Mais Alondra n'en avait pas fini avec Mila malgré la tentative de diversion de Carliz.

— Tu as fait une promesse à ton père, celle de ne jamais lui nuire ainsi qu'à la Couronne, et que penses-tu avoir fait par ce scandale ? Comment réagirait-il, à ton avis ?

— Si nous en restions à cette photo, déclara Carliz. Après tout, ils ne font rien d'autre que marcher côte à côte et se regarder. Tout le reste est pure spéculation !

— N'importe qui d'autre aurait éteint le feu, mais pas lui, bien évidemment. Vous avez vu cette vidéo où il répond que toutes ses partenaires sont des reines à ses yeux ? C'est insultant pour toi, Mila, je pensais que tu aurais pu le comprendre !

Mila serra les dents en fixant son assiette.

Mais Carliz ne baissa pas les yeux et soutint le regard noir de sa mère sans ciller.

— Je n'en peux plus, lâcha alors Mila.

Elle ne s'était pas rendu compte qu'elle allait prendre la parole. Ou peut-être que si, mais en tous les cas, elle sentait que son armure se fendait et que c'était au-delà de sa volonté. Ce n'était pas la reine qui parlait.

Elle n'en pouvait plus de la reine, justement.

Elle aimait celle qu'elle était lorsqu'elle était seule avec Caius. Elle l'avait toujours aimée. Elle n'avait pas imaginé qu'elle retrouverait cette personne en elle, et pourtant cela avait été si facile. Il lui avait suffi de se voir dans son regard quelques fois.

Et maintenant, elle voulait ressentir cela tout le temps, c'était aussi simple que cela.

Elle prit conscience que sa mère et sa sœur la fixaient en attendant qu'elle poursuive. Elle devait s'expliquer.

— Comment est-ce possible qu'une simple photographie cause le plus grand scandale du royaume ? J'ai toujours tout fait dans les règles et il n'y a rien de choquant dans cette photo. Nous aurions pu être en train de parler de la pluie et du beau temps.

— Tout le monde est horrifié à l'idée que la reine puisse avoir la tête tournée par un tel bon à rien ! C'est au-delà de toute compréhension.

— Tu peux dire ce que tu veux, mère, mais sache bien que ton opinion m'indiffère.

— Et voilà comment tu me parles maintenant ! Tu es la reine de Las Sosegadas, il est un peu tard pour ta crise d'adolescence !

Mila fixa sa mère d'un air glacial.

— Je ne suis pas sûre d'avoir bien compris ?

C'était la reine qui s'adressait à Alondra tout à coup, cela ne faisait aucun doute.

Cette dernière rougit et perdit ses moyens, les larmes lui montant aux yeux.

— Je ne comprends pas comment tu as pu le laisser te faire ça ! Ton devoir passe avant tout, c'est la seule chose que l'on se rappellera de toi. Ton héritage, ton devoir de reine, plaida Alondra

Puis elle inspira, ravala ses larmes et se ressaisit d'une façon que Mila ne connaissait que trop bien pour la pratiquer elle-même. Cette inspiration profonde, remonter les épaules, puis finalement redresser le menton.

— L'amour meurt, dit sa mère, de cette voix que Mila ne lui connaissait pas. Il ne restera un jour que ton règne et ton devoir accompli.

Carliz inspira à son tour et se tourna vers Mila.

— Et c'est la raison pour laquelle, ma très chère sœur, tu dois aimer tant que tu peux, aussi fort et aussi longtemps que possible.

Mila savait bien que Carliz lui parlait de sa propre vie à elle, elle qui avait quitté le droit chemin familial pour aller étudier à l'étranger avant de rencontrer et d'épouser l'homme qu'elle avait choisi, malgré le veto du palais, et puis elle avait eu un enfant et se tenait maintenant définitivement à l'écart de tout le protocole royal.

Et Mila ne pouvait ignorer qu'elle était la seule personne dans cette pièce qui semblait heureuse et légère.

— Ton devoir doit te rendre heureuse, assena Carliz en regardant Mila et sa mère à tour de rôle. Sinon à quoi sert de vivre ?

11

Caius sortit de son périple de marche sur le Pacific Trail deux semaines plus tard.

Il se sentait finalement moins démuni que cinq ans auparavant, lorsque ses espoirs s'étaient effondrés brutalement. Ces quinze jours de solitude et d'effort physique en pleine nature lui avaient ouvert les yeux sur ce qu'il voulait dorénavant.

Quelques coups de fil lui permirent d'organiser la suite des opérations, et il avait l'impression de pouvoir à nouveau respirer pleinement et plus librement, ce qui n'avait pas été le cas depuis bien longtemps. Sans doute depuis que Mila était partie.

La première fois.

Cependant, sur son chemin entre ciel et terre, avec la météo pour seule compagnie et les battements de son cœur comme tempo quotidien, il avait eu le temps de réfléchir à tout cela. Tout ce qui s'était passé depuis qu'ils s'étaient rencontrés.

Comment avait-il pu exiger d'elle un changement que lui-même n'était pas prêt à opérer ? C'était la conclusion de ses méditations…

Il avait retourné cette question encore et encore au fil des jours.

Un jour qu'il avait plu toute la journée sans discontinuer, il n'avait pas faibli et continué son chemin, bien déterminé à aller jusqu'au bout de ce qu'il cherchait.

Une fois qu'il aurait trouvé la réponse, il pourrait alors quitter la nature et retourner affronter le monde, avait-il décidé.

Il s'était souvent demandé comment il avait été capable de jeter l'éponge aussi facilement lors de leur première rupture, alors qu'il affrontait les épreuves courageusement par ailleurs.

Il avait marché jusqu'à savoir.

Et puis il était arrivé dans cette dernière ville. Là, il avait retrouvé son assistante à qui il avait donné rendez-vous et s'était ensuite rendu à l'hôtel où ils avaient résidé avec Mila il y avait si longtemps.

Là, il se lava, se restaura, reprit des forces, coupa la barbe drue qui avait poussé sur ses joues sans même qu'il s'en rende compte.

Sans miroir ni reflet de lui-même, cela changeait la donne, avait-il constaté.

Il avait beaucoup pensé à l'homme qu'il était, celui qu'on se représentait et le jeu qu'il jouait face aux médias et en société. Il avait pensé à son enfance aussi et avait finalement compris pourquoi il s'était ainsi embarqué dans un navire vide.

Un navire qu'il avait pourtant bâti de ses mains.

Et il avait travaillé dur, d'ailleurs, pour élever ce vaisseau fantôme.

Sa mère lui avait tout appris dans ce domaine, il devait le reconnaître.

Il s'était développé, comme elle, un personnage public, tout aussi vide que le vaisseau de sa vie. Et il en avait fait bon usage.

Pour son propre malheur.

Il était temps de voir s'il pouvait jouer un autre rôle aujourd'hui.

Il n'avait pas besoin de se trouver dans cet hôtel pour se rappeler ses dernières heures avec Mila. Le moment où elle lui avait dit qu'elle devait partir, mais sans lui. Parce que le palais ne l'accepterait jamais. Il se souvenait de chaque mot, chaque instant.

Elle avait plaidé qu'on ne lui ferait jamais confiance, qu'on douterait de son jugement à cause de son jeune âge, et elle avait conclu en mettant en avant sa parole donnée à son père juste avant de partir.

En état de choc, il l'avait poussée dans ses retranchements, s'était moqué, l'avait brusquée. Il n'arrivait pas à croire qu'après avoir enfin rencontré celle qu'il cherchait depuis si longtemps, la seule personne au monde capable de voir qui il était vraiment, leur histoire se termine ainsi.

Alors il s'était montré mordant, cynique. Il avait vu son visage changer, son regard s'attrister au fil des jours.

« Tu prends tout à la dérision, n'est-ce pas ? Et tu joues très bien ton petit jeu, à n'en pas douter, mais pour moi, c'est la fin de la récréation. »

Il s'était emporté, avait plaidé que rien entre eux n'avait été un jeu pour lui, mais c'était trop tard et elle était partie, finalement.

Il était grand temps, en tous les cas, de tomber les

masques, songea-t-il gravement en se regardant dans le miroir.

Il réalisait qu'il avait été trop occupé à panser ses propres plaies pour penser à elle, alors. Elle qui venait de perdre son père et se voyait en passe d'être couronnée à sa place juste après l'avoir enterré. Elle qui allait changer de vie à tout jamais, qu'elle y soit prête ou non.

— Tu n'as jamais mérité sa bienveillance, dit-il à haute voix.

Il réalisait surtout à cet instant qu'il ne lui avait jamais pardonné d'être partie.

Jusqu'à maintenant.

Il se mit finalement au lit, songeant qu'il serait temps demain, après une bonne nuit de sommeil, de se mettre au travail pour reconstruire la vie qu'il avait crue perdue, la vie qu'il avait abandonnée.

Il n'était plus temps de fuir, il devait s'affronter et décider qui il voulait être.

Il alluma la télévision et zappa distraitement le temps de trouver le sommeil.

Son visage le figea.

Mila apparut à la télévision, et il se frotta les yeux pour y croire.

Il ne rêvait pas : la reine Emilia allait faire un discours en direct.

Il ralluma son téléphone, éteint depuis quinze jours, et une avalanche de notifications le secoua de bips et de vibrations diverses.

Aucun message de Mila.

Mais elle était à l'écran, juste devant lui.

« Il n'est pas dans les habitudes du palais de commenter

les suppositions des médias, déclara-t-elle de sa voix calme et posée. J'ai cependant considéré qu'il était de mon devoir de mettre les choses au clair après les récents débats médiatiques qui ont agité les esprits. »

Caius se redressa.

« J'ai bien entendu appris qu'une photographie aurait fait couler beaucoup d'encre à mon sujet, et je comprends qu'en tant que reine, ma vie engendre de grandes attentes et spéculations. J'ai donc toujours pris le parti de me montrer parfaitement en adéquation avec les intérêts du pays, même dans le cadre de ma vie privée, en ne faisant jamais rien qui pourrait nuire aux intérêts du royaume, soyez-en tous assurés. »

Ses beaux yeux gris semblèrent luire à cet instant. Était-il le seul à le remarquer ?

« Ce que je ne peux accepter, en revanche, c'est la mise à mort en règle d'un homme qui n'a rien fait de mal, si ce n'est de faire quelques pas à mes côtés lors d'un événement public. Cet homme est bien connu, il a un nom, une prestance et des activités qui l'ont souvent mis sur le devant de la scène, je ne crois pas que ce soit un crime pour autant. Cet homme n'a rien à se reprocher et je souhaite à toutes les femmes de bénéficier de sa présence le temps d'une promenade dans un jardin, qu'elle soit reine ou pas. La seule raison pour laquelle il est traîné dans la boue est liée à des spéculations de la presse à scandale sur la façon qu'il a d'occuper son temps privé. »

Caius était comme paralysé. Il avait l'impression d'être sorti de son propre corps, ou bien en train de rêver.

La femme qu'il aimait était en train de voler à son secours à l'autre bout du monde, par une allocution officielle et en peignant de lui un portrait des plus aimables, en prime. Il ne pouvait y croire.

Était-ce ainsi qu'elle le voyait vraiment ?

Elle n'en avait d'ailleurs pas fini car, après avoir souligné l'injustice du traitement qui lui était réservé, elle exigea de chacun des téléspectateurs de cesser de donner crédit à la moindre rumeur et de ne plus se livrer à des jugements à l'emporte-pièce.

« Pour finir, sachez que la presse sera informée le jour où la reine aura besoin de ses conseils quant à sa vie sentimentale, mais en attendant je continuerai à marcher dans les jardins comme je l'entends, avec qui je l'entends, et je n'oublierai pas de rappeler à mes sujets que j'ai droit au respect comme tout un chacun. »

Caius resta figé dans son lit bien après la fin de son allocution.

Il avait reçu un uppercut en pleine figure mais, loin de se sentir K-O debout, il avait l'impression que le nouvel homme qu'il avait imaginé pouvoir devenir prenait corps en lui. Il lui fallut mobiliser toutes ses forces pour se lever et tenir debout, mais il y parvint et il saisit son téléphone et lança un appel.

Il se prépara aussitôt, enfila ses vêtements à la hâte, jeta un coup d'œil à son reflet dans le miroir et quitta la pièce sans autre forme de procès.

Caius ne savait pas encore exactement ce qu'il allait faire, alors même qu'il embarquait dans son jet, en direction de Las Sosegadas. Tout ce qu'il savait c'était qu'il devait aller retrouver la seule personne au monde qui l'ait jamais défendu.

La seule femme de sa vie.

Même sa sœur n'avait jamais osé voler à son secours. Il avait toujours été seul au monde.

Son avion atterrit à la nuit. Il avait très peu dormi, visionnant encore et encore l'allocution de Mila. Cette fois-ci, il n'avait pas éprouvé le besoin de lire les commentaires, car il s'en moquait bien.

Seuls ses mots à elle importaient.

À son arrivée, il retrouva la voiture qu'il avait réservée et se dirigea tout droit vers le palais, sans savoir comment il serait reçu.

Arrivé devant le poste de garde, il s'était attendu à devoir négocier âprement pour être autorisé à solliciter un entretien, mais cela ne fut pas nécessaire. Visiblement, il était plutôt en odeur de sainteté, dorénavant.

On le fit attendre, puis il fut autorisé à entrer avant d'être installé pour patienter dans un salon privé.

Une femme en uniforme gardait la pièce, et il lui fallut un instant pour la reconnaître.

— Noemí ! lança-t-il alors en souriant. Cela fait longtemps, je suis heureux de vous revoir.

— Très longtemps en effet, monsieur Candriano, reconnut la garde en souriant en retour.

— Je n'ai jamais eu l'occasion de vous remercier, pour votre présence à l'époque, dit-il en baissant les yeux, je le fais maintenant.

— C'est un bon souvenir, souligna-t-elle avant de se tourner vers les jardins dans le petit matin. Sa Majesté est sortie se promener autour du labyrinthe, je crois que je n'ai pas besoin de vous accompagner si vous souhaitiez la rejoindre.

Caius allait sortir, puis il s'arrêta.

— Il me semble qu'il n'y avait pas de photographe de presse lors du gala l'été dernier, j'imagine donc que seul le photographe officiel a pu immortaliser ma promenade avec Sa Majesté et saisir ce cliché qui a suscité tant d'émois. En tant que cheffe de la sécurité, vous n'auriez pas une petite idée de ce qui a pu se passer ?

Noemí sourit.

— Parfois, monsieur, la magie a besoin d'un petit coup de pouce…

Chaque pas qui le rapprochait du labyrinthe lui donnait l'impression d'être plus ample et plus léger. Sans doute parce que cette fois il savait où il allait. Pas de manigance ni de faux-semblant. Pas de stratégie. Juste l'envie pure de retrouver Mila.

Il était temps pour lui de faire son devoir à son tour, accomplir sa mission, celle devant laquelle il avait reculé cinq ans plus tôt.

Il s'engagea dans les hautes haies qui composaient le dédale préféré de Mila. La végétation avait changé depuis l'été, les arbres avaient perdu une partie de leurs feuilles et l'automne avait coloré les autres, le bassin serait froid et morne ce matin.

Mais Mila s'y trouvait pourtant, alors que le soleil levant dardait ses premiers rayons au-dessus des sommets pour éclairer la vallée.

— Tu as pris ma défense ! lança-t-il en la voyant.

Il la vit sursauter vivement, puis se retourner vers lui, bouche bée.

— Tu es venu, murmura-t-elle. Tu es là.

— Où d'autre pourrais-je me trouver ? demanda-t-il en observant son visage en quête d'une réponse aux mille questions qui le taraudaient. Pourquoi m'avoir défendu ainsi, Mila, quand rien ne t'y obligeait ? Je pensais que j'étais un caillou dans ta chaussure royale...

Il ne sut pas si elle avait parcouru les derniers mètres entre eux ou s'il avait continué à avancer de son côté, mais elle était là, devant lui, et ses deux grands yeux gris le fixaient avec ce qu'il pensa être de l'espoir.

Il n'avait jamais eu l'impression de représenter le moindre espoir pour quiconque, y compris lui-même, mais, pour elle, il ne demandait que cela.

— Je suis désolée que tu aies ressenti cela, répondit-elle. Je regrette de ne pas avoir été assez forte pour revendiquer mes sentiments il y a cinq ans. Il m'a fallu du temps pour savoir et comprendre qui j'étais.

Voilà qu'ils se retrouvaient enfin dans cet endroit secret, leur lieu de rendez-vous, le lieu de l'espoir et des retrouvailles.

— Je me rends compte que je t'en ai voulu tout ce temps, Caius, et j'ai été jalouse de toutes les autres qui apparaissaient dans les journaux à tes côtés, parce que...

— J'étais un homme marié, Mila, coupa-t-il gravement en plongeant son regard dans le sien. Je n'ai jamais brisé nos vœux. J'ai bien essayé, je l'ai même souhaité, pour tout te dire, mais je n'ai jamais pu.

— Caius...

La façon qu'elle eut de prononcer son prénom lui fit l'effet d'une caresse.

Il n'y avait jamais eu qu'un chemin dans sa vie et il menait jusqu'à elle.

— Être ton secret me convient déjà bien, dit-il. Je n'ai pas besoin que tu risques quoi que ce soit pour me reconnaître aux yeux du monde. Le fait que tu te sois levée pour sauver mon honneur fait déjà tout.

— Je l'ai fait librement et ce n'est pas le seul cadeau que je veux te faire.

— Je comprends maintenant ce que signifiait ton devoir, ta famille. Je sais que tu as toujours été une femme de parole et de responsabilité. Je ne veux rien exiger, je rêve juste de pouvoir te retrouver en cuisine de temps en temps et dîner sur un coin de table avec la vraie Mila. Pour ça, je suis ton homme !

À sa grande surprise, il vit les beaux yeux gris de Mila se remplir de larmes.

— Alors je vais te prendre au mot, murmura-t-elle en laissant rouler les larmes sur ses joues.

Tout cela était bien réel, son cœur était trop près d'exploser pour que cela ne le soit pas !

— Je ne sais pas ce que tu faisais ces dernières semaines, ni où tu étais..., commença-t-elle.

— Je me cherchais, et je me suis trouvé, l'interrompit-il en la serrant contre lui avec force. J'avais besoin de me retrouver pour me présenter devant toi, pour me présenter devant ma femme.

Le sourire qu'elle lui offrit alors lui ouvrit la poitrine en grand.

— Je suis heureuse d'entendre ça, parce que moi aussi je veux retrouver mon mari ! Et pas seulement en cachette au creux du labyrinthe. Je ne veux plus de secret pour nous aux yeux du monde ! Est-ce que tu te rappelles du jour où tu m'as demandé de t'épouser ?

— Bien sûr, comment l'oublier ! Nous étions couverts de boue et fourbus après une longue journée de marche sous la pluie, mais c'est et cela restera l'un des meilleurs moments de toute ma vie.

— Je n'avais jamais imaginé que je me marierais un jour avec un homme rencontré par hasard et qui me demanderait en mariage sans que je m'y attende et en dehors de tout protocole. Tu m'as déjà fait le plus beau cadeau que je pouvais espérer...

— Je crois pourtant que vous méritez bien d'autres cadeaux, Majesté.

— Eh bien cette fois-ci, c'est mon tour, répondit-elle.

Ses yeux pleins de larmes le fixaient.

— Caius Candriano, me feriez-vous l'honneur de devenir mon roi ?

— Oui, je le veux ! répondit-il aussitôt.

— Je n'avais pas fini ! Me feriez-vous l'honneur de devenir mon roi, mon protecteur, mon seigneur, pour aussi longtemps que nous vivrons ?

— Majesté, murmura-t-il en portant sa main à ses lèvres pour y déposer un baisemain d'un autre temps. Ce serait pour moi le plus grand des honneurs.

— Et me promets-tu de toujours venir me retrouver, si je devais me perdre à nouveau ?

— Je te chercherai sans trêve ni repos, promit-il. Et je te retrouverai toujours.

12

La reine Emilia de Las Sosegadas était la perfection incarnée, tout le monde s'accordait à le reconnaître. Et Caius surprit tout le monde – et lui le premier – en devenant un excellent roi consort.

C'était en tous les cas ce que ses sujets déclaraient unanimement.

Même s'il avait dû faire ses preuves au départ, tant le choc de l'annonce avait été important...

Mais, au terme de cette période d'incertitude, il avait finalement remporté tous les suffrages haut la main, et cette fois-ci sans le moindre tour de passe-passe visant à charmer son auditoire. Non, maintenant, il assumait qui il était haut et fort. Il avait fallu pour cela qu'il le découvre lui-même, et c'était à n'en pas douter le cas.

Il avait renoncé à sa carrière hollywoodienne, sans regret, car il n'en avait plus besoin, pas s'il avait Mila dans sa vie. Et il avait trouvé sa place au sein du royaume sans difficulté, accompagnant Mila avec bienveillance et talent, et remplaçant avantageusement tous ses conseillers en communication. Il était naturellement doué pour cela, et le plus réjouissant était qu'ils n'avaient pas besoin de jouer le moindre rôle tant leur entente sautait aux yeux.

Plus besoin de bâtir des narratifs ou de jouer la comédie, maintenant.

Enfin, sauf une dernière fois, pour satisfaire aux exigences du protocole : ils avaient secrètement divorcé, pour pouvoir se remarier en grande pompe.

L'événement avait été somptueux, et ils en avaient adoré chaque détail. Pendant des jours, les cloches avaient retenti sur le beau royaume de Las Sosegadas. Un jour férié avait été décrété, des célébrations organisées dans les rues et dans chaque chapelle du pays.

Une seule personne n'avait pas participé aux festivités : la mère de Caius, qui n'avait tout bonnement pas été autorisée à entrer dans le royaume.

— Je ne supporterais pas de la voir s'approprier notre bonheur, avait dit Caius.

— Je vais veiller à ce que ce ne soit pas le cas, avait répondu Mila.

Les années avaient passé, et leur union s'était renforcée avec l'arrivée d'héritiers pour le trône, pour leur plus grand bonheur à tous les deux.

Caius s'appliqua à offrir à ses enfants ce qu'il n'avait jamais reçu : un foyer, une famille aimante. Un sens du devoir, aussi.

Mila l'avait libéré de ce qui lui apparaissait aujourd'hui comme une malédiction, et elle était devenue tout ce qui lui avait manqué enfant. Elle était devenue son foyer, sa famille, sa mission dans la vie.

Ils avaient pris soin d'équilibrer leur éducation pour offrir toujours à leurs enfants la liberté de choix. Bien qu'élevés dans les ors de la monarchie, ils avaient conservé leur libre arbitre et se savaient libres de pouvoir choisir le chemin de leur vie.

De son côté, Caius n'avait pas abandonné totalement sa passion pour le septième art et s'était engagé dans une mission caritative qui avait pour projet de développer des projets cinématographiques pour les enfants du monde entier, afin de leur offrir les perspectives qui parfois leur manquaient, leur ouvrir une fenêtre sur le reste du monde et leur donner un peu de la joie qui leur faisait défaut dans leur quotidien.

Son plus grand défi avait été de gagner le cœur de sa belle-mère, mais Caius savait se montrer patient et compréhensif.

— Je savais que vous finiriez par m'adorer, Alondra, avait-il plaisanté à l'occasion d'un bal où il faisait danser la jeune grand-mère.

— Ce n'était pas acquis, avait répondu la reine mère sèchement, avant de lui sourire jusqu'aux oreilles. Mais vous êtes un bon roi et surtout un merveilleux mari pour ma fille et elle a besoin des deux.

Sans parler du père de ses petits-enfants, car Alondra s'était incroyablement adoucie en devenant grand-mère. Elle avait ainsi renoué avec ses deux filles.

Tard cette nuit-là, lorsqu'il avait rejoint sa femme chérie, la reine, son grand amour, il l'avait serrée contre lui aussi fort qu'au premier jour en se rappelant la chance infinie qu'il avait eue de la rencontrer pour pouvoir enfin se rencontrer lui-même.

Le feu qui les consumait avait gardé la flamboyance des débuts et cette flamme ne devait jamais s'éteindre, ils y veillaient l'un et l'autre.

Leur amour semblait même se renforcer au fil des jours.

Et chaque année, bien sûr, ils partaient tous les deux se retrouver dans la maison de septembre, s'assurer que Mila et Caius étaient toujours bien là. Et ils rajustaient, si besoin était. Lorsque leurs missions royales, parentales, familiales, devenaient prépondérantes, ils devaient aller chercher au cœur d'eux-mêmes les vrais Mila et Caius d'autrefois.

Parfois, c'était instantané. Certaines années, ce fut plus long et ils durent parler, longuement, s'aimer beaucoup, lever des incompréhensions ou des malentendus pour se retrouver vraiment.

Mais, tôt ou tard, ils se retrouvaient, souvent devant ce feu de cheminée qui les avait accompagnés déjà, des années auparavant.

C'était là, enlacés, qu'ils retrouvaient le chemin de leurs cœurs, leur permettant de battre à l'unisson et de ne former plus qu'un immense amour partagé.